NAME: Justus Jonas
FUNKTION: Erster Detektiv
FRAGEZEICHENFARBE: weiß
BESONDERE MERKMALE: das Superhirn der drei ???; Meister der Analyse und Wortakrobatik; erstaunlich schneller Schwimmer; zu Hause auf dem Schrottplatz von Tante Mathilda und Onkel Titus; zupft beim Nachdenken an seiner Unterlippe
IST FAN VON: Tante Mathildas Kirschkuchen und Denksport aller Art

NAME: Peter Shaw
FUNKTION: Zweiter Detektiv
FRAGEZEICHENFARBE: blau
BESONDERE MERKMALE: für körperliche Herausforderungen immer zu haben, dafür kein Ass in der Schule; großer Tierfreund; Spezialist für Schlösser aller Art, die seinem Dietrichset einfach nicht standhalten können; neigt zu Vorsicht und Aberglauben
IST FAN VON: schnellen Autos (insbesondere seinem MG), der südkalifornischen Sonne, so ziemlich jeder Sportart

Die drei ???®

Die drei ???®

Schrecken aus der Tiefe

erzählt von Marco Sonnleitner

Kosmos

Umschlagillustration von Silvia Christoph, Berlin
Umschlaggestaltung von eStudio Calamar, Girona, auf der Grundlage der Gestaltung von Aiga Rasch (9. Juli 1941 – 24. Dezember 2009)

FSC www.fsc.org
MIX
Papier aus verantwortungsvollen Quellen
FSC® C014496

Gedruckt auf chlorfrei gebleichtem Papier

ISBN 978-3-440-14834-1
Redaktion: Anja Herre, Annemarie Chiappetta
Lektorat: Nina Schiefelbein
Produktion, Layout und Satz: DOPPELPUNKT, Stuttgart
Druck und Bindung: GGP Media GmbH, Pößneck
Printed in Germany / Imprimé en Allemagne

Die drei ???®

Schrecken aus der Tiefe

Kampf auf Leben …

»Oh Mann, das war aber jetzt total knapp!«
»Knapp daneben ist auch vorbei.« Peter Shaw schob seinen Freund Bob Andrews ein Stückchen zur Seite. »Jetzt bin ich dran.« Er stellte sich breitbeinig auf den Kiesstreifen, dehnte seinen Nacken und lockerte noch einmal die rechte Schulter. Dann klaubte er ein Steinchen auf, ging auf die Zehenspitzen, zielte und warf den Kiesel wie bei einem Basketballwurf aus dem Handgelenk in hohem Bogen hinaus auf den See. Eine Handbreit links neben dem Ahornblatt platschte der Stein in das schwarz glänzende Gewässer.
Bob lächelte milde. »Ein Satz mit x, das war wohl nix!«
»Abwarten!« Peter nahm einen zweiten Stein, hob die Hand, ließ das Handgelenk vor und zurück wippen, ging in die Knie, streckte sich und warf erneut. »Wow! Habt ihr das gesehen? Haarscharf!«
Bobs Lächeln verspannte sich. Der Stein hatte das im Wasser treibende Blatt tatsächlich nur um wenige Zentimeter verfehlt. »Wie meintest du eben? Knapp daneben und so.«
»Aber jetzt!« Peter hob einen dritten Kiesel auf. »Magic Peter Shaw tritt an zu dem alles entscheidenden Wurf! Wird er sein Team zur Meisterschaft führen?« Er wippte diesmal in den Knien und im Handgelenk gleichzeitig. »Noch eine halbe Sekunde auf der Spieluhr! Trifft er diesen letzten Freiwurf, gewinnen die Rocky Beach Rockets die Finals. Er lässt den Ball auftippen, visiert den Korb an, geht in die Knie, wirft und …« Der Stein stieg in die Luft, beschrieb einen

weiten Bogen, näherte sich dem Wasser – und landete mit einem leisen Plopp genau in der Mitte des Ahornblattes! Auf dem er sogar liegen blieb!
»Ja!« Peter riss die Arme hoch und drehte sich jubelnd im Kreis. »Ja! Magic Peter Shaw hat es geschafft! Die Rockets sind Champions! Und er ist der Größte! Ja, ja!«
»Ist ja gut!« Bob ließ sich missmutig auf seine Decke sinken. »Auch ein blindes Huhn findet mal ein Korn.«
»Ein passabler Wurf.« Justus Jonas, der den Wettbewerb seiner beiden Freunde und Detektivkollegen beobachtet hatte, widmete sich wieder seinem Buch, während Peter ausgelassen weiterjubelte, dabei den Strand entlangtänzelte und sich von imaginären Mitspielern und tobenden Zuschauermassen feiern ließ. Draußen auf dem Wasser lag der Stein immer noch auf dem Blatt, das ganz langsam Richtung Ufer trieb.
»Komm, Just! Jetzt du!«, forderte Peter seinen Freund auf.
»Danke, nein. Mein Bewegungsapparat verdaut immer noch die Anstrengungen der letzten zwei Tage. Außerdem sollte jeder bei dem bleiben, was er kann. Ich beim Lesen, du beim Steinchenwerfen.«
»Lesen? Was ist das? Eine neue Sportart? Nie gehört.« Peter zwinkerte seinem Freund zu.
Vor einigen Tagen hatte Justus' Onkel Titus seinen Neffen und dessen beide Freunde gefragt, ob sie ihm am Wochenende bei Renovierungsarbeiten zur Hand gehen wollten. Viel würde dabei nicht rausspringen, aber umsonst müssten sie auch nicht schuften. Das Haus eines alten Schulfreundes, Mac Anderson, benötige dringend eine Generalüberholung und er habe Mac angeboten, ihn dabei zu unterstützen. Die

drei Jungen mussten nicht lange überlegen. In ihren Portemonnaies herrschte gerade eine Ebbe von historischen Ausmaßen, wie Peter meinte, und für das Wochenende hatte sich keiner von ihnen etwas Bestimmtes vorgenommen.
Mac Andersons Haus stand am Westufer des Black Lake, eines Sees in den Santa Monica Mountains in der Nähe von Castaic. Wie ein schwarz glänzender Diamant lag das große Gewässer inmitten schroffer, spärlich bewachsener Berghänge, an deren Ausläufern nur hier und da vereinzelte Häuser und im Norden eine kleine Stadt, Crystal Bay, Platz fanden. Die meisten Anwohner lebten vom Fischfang oder vom Tourismus, aber viele Menschen waren im Laufe der Zeit der Arbeit wegen an die Küste gezogen. Und auch Mac Anderson hatte es nicht immer leicht, seine kleine Familie, die außer ihm seine Frau Leah und seinen achtjährigen Sohn Ben umfasste, mit allem Nötigen zu versorgen. Daher war er dankbar gewesen, als ihm Titus Jonas Unterstützung angeboten und sogar noch versprochen hatte, ein paar bezahlbare Hilfskräfte mitzubringen.
Die drei bezahlbaren Hilfskräfte hatten dann auch ordentlich mit angepackt, sodass die Arbeiten am Haus schon am frühen Sonntagnachmittag beendet werden konnten. Während Onkel Titus mit Mac nach Crystal Bay fuhr, um ein wenig über alte Zeiten zu plaudern, suchten die Jungen eine der raren Uferstellen auf, die einen einigermaßen problemlosen Zugang zum Wasser ermöglichten. Mac hatte ihnen den Weg dahin beschrieben, weil nur Ortskundige die Stelle kannten. Und dort, auf einem Kiesstreifen am Rande eines kleinen Uferwäldchens, genossen die drei Jungen die warme

Augustsonne und die milde Brise, die über den Black Lake strich, und erholten sich von den Strapazen.

»Das ist aber jetzt nicht wahr, oder?« Bob richtete sich auf und blickte nach links.

»Was ist denn?« Peter hatte sich hingelegt und war gerade dabei, einzudösen.

»Das da ist!« Bob zeigte das Ufer hinab. In den Zweigen eines weit ins Wasser hinausreichenden Kreosotbusches hatte sich allerhand Müll verfangen. Ein weißer Kanister, Plastiktüten und -flaschen, Verpackungsmaterial, ein alter Ball, Bierdosen.

»Unfassbar!« Justus schüttelte den Kopf. »Der Intelligenzquotient jener Leute, die so etwas zu verantworten haben, dürfte den ihres Mülls kaum übersteigen.«

»Man sollte diesen Umweltverschmutzern eine Schwimmweste umbinden und sie so lange im Wasser treiben lassen wie ihren eigenen Müll«, ereiferte sich Bob. »Bis ihnen Schwimmhäute wachsen!«

Peter zog die Augenbrauen nach oben. »Meinetwegen kannst du die Schwimmweste auch weglassen.«

Im Hintergrund kam ein kleines Holzboot mit Außenbordmotor zum Vorschein, das auf den See hinausfuhr. Ein Mann saß darin. Grüner Schlapphut, grüne Weste, Sonnenbrille. Offenbar ein Angler.

»Wir nehmen nachher so viel von dem Zeug mit, wie wir tragen können, okay?«, schlug Bob vor.

Justus und Peter nickten.

Während sich Justus wieder in sein Buch vertiefte und Peter ins Land der Träume versank, erhob sich der dritte Detektiv schon einmal und schlenderte am Wassersaum entlang zu der kleinen Müllkippe. Dabei spähte er aufmerksam ins spiegelnde Nass und in die Ufervegetation. Tatsächlich entdeckte er noch mehr Unrat: Glasflaschen, Kronkorken, Plastikgeschirr, Alu-Schälchen, weitere Verpackungsreste. Offenbar wurde diese Uferstelle immer wieder für müllreiche Grillpartys missbraucht.

Bob watete ins Wasser und wollte sich gerade bücken, um eine Bierflasche vom steinigen Grund zu bergen, als er aus dem Augenwinkel eine hektische Bewegung wahrnahm. Ein gutes Stück weit draußen stand der Angler aufrecht im Boot. Mit beiden Händen hielt er seine Angelrute fest, die sich mächtig bog und mit ihrer Spitze fast zum Wasser zeigte. Der Angler hatte alle Mühe, die Rute zu kontrollieren, lehnte sich weit nach hinten und stemmte sich mit einem Fuß gegen die Bordwand. Aber immer wieder ruckelte und zog etwas an der Leine, riss den Mann nach vorne und brachte ihn fast aus dem Gleichgewicht. Das Boot schaukelte dabei bedenklich hin und her.

»Kollegen!«, rief Bob laut. »Seht mal! Da draußen!«

Justus hob den Kopf und auch Peter schlug die Augen auf und sah blinzelnd auf den See.

»Da muss ein kapitaler Brocken angebissen haben!«

»Aber hallo!« Peter stützte sich auf die Unterarme. »Hat der einen Wal an der Angel?«

Justus verdrehte die Augen. »Peter, Wale sind …«

»Ja, Erster, ich weiß. Salzwasser und so. War ein Witz. Aber sieh doch mal! Das Ding muss riesig sein!« Der Zweite Detektiv kam auf die Beine.

Der Kampf des Anglers wurde immer wilder. Jetzt schwamm seine Beute offenbar um das Heck herum und drehte dabei das ganze Boot mit. Der Mann schwankte hin und her und zog und zerrte an seiner Angel – oder vielmehr die Angel an ihm.

Bob lief zu seinen Freunden zurück, den Blick immer auf den See gerichtet. »Mein Gott, was ist das nur?«

Auch Justus war jetzt aufgestanden und sah besorgt nach draußen. »In Seen wie diesen gibt es an größer werdenden Arten verschiedene Forellen, Barsche, Hechte, Karpfen, Saiblinge … Aber selbst der Namaycush wird heutzutage wohl nicht mehr so groß, um einen Angler in derartige Schwierigkeiten bringen zu können.«

»Namaycush?«, fragte Bob.

»Genau. Aber das da draußen –« Justus brach abrupt ab. »Um Gottes willen!«

»Nein!«, entfuhr es Peter.

Ein gewaltiger Ruck hatte den Mann über Bord gezogen. Mit einem lauten Platschen versank er kopfüber im See, tauchte allerdings sofort wieder auf. Seine Angel hatte er losgelassen und ruderte mit beiden Händen auf der Stelle. Wie ein Korken tanzte er auf der Wasseroberfläche.

»Warum schwimmt er nicht zum Boot?«, rief Bob. »Die Kleidung saugt sich doch voll und zieht ihn runter! Hallo!« Der dritte Detektiv machte einen Schritt nach vorne. »Hören Sie mich? Hallo?«

»Der ist zu weit draußen«, sagte Justus. »Und der Wind kommt vom See. Aber jetzt schwimmt er zum Boot, seht nur.«

»Nein, tut er nicht!« Peter merkte, wie es ihm kalt den Rücken hinablief. »Er dreht sich im Kreis! Und sieht nach unten! Was ist da? Was sieht er da? Oh Gott! Er wird total panisch. Hört ihr ihn schreien? Hört ihr ihn?«
»Da ist etwas unter ihm!« Bob riss die Augen auf. »Er schlägt um sich! Da will ihn etwas – nein! Nein!«
Ein letzter lauter, verzweifelter Schrei hallte über den See. Dann versank der Mann in den schwarzen Fluten.

… und Tod!

Für drei, vier, fünf unendlich lang erscheinende Sekunden blieb der Mann verschwunden. Dann schoss sein Kopf wieder aus dem Wasser. Wie ein Besessener strampelte, ruderte, kraulte er in Richtung seines Bootes, von dem er sich ein gutes Stück entfernt hatte. Dort angelangt, schaffte er es aber nicht, sich an Bord zu ziehen. Entweder war er zu erschöpft – oder irgendetwas hinderte ihn daran!

»Wir müssen Hilfe holen«, rief Bob und zog sein Handy hervor. »Mist, kein Empfang. Dann mit dem Auto!«

»Hoffentlich kommen wir nicht zu spät!«

Die drei Jungen ließen alles stehen und liegen und rannten los. Bobs Käfer stand jenseits des kleinen Uferwäldchens am Rande eines Feldwegs. Nach wenigen Minuten hatten die Jungen das Auto erreicht. Der dritte Detektiv startete den Motor, setzte den Wagen zurück und bog auf die Landstraße ein, die hier ein Stück am See entlangführte. Nach Crystal Bay waren es keine zwei Kilometer.

»Wo wollten dein Onkel und Mac noch mal hin?« Peter klemmte sich ungeduldig zwischen die Vordersitze.

»Mac sagte was von *Captain Hook*«, antwortete Justus. »Vermutlich ein Restaurant oder eine Kneipe.«

Das *Captain Hook* entpuppte sich als eine Kneipe an dem kleinen Hafen von Crystal Bay. Ein rot angestrichenes Holzhaus, vor dem einige Tische und Stühle auf dem angrenzenden Kai standen. Über der Tür hing ein Schild, auf dem ein fies grinsender Pirat seine blitzende Hakenhand präsentierte.

Onkel Titus und Mac Anderson saßen am Tresen. Vor ihnen standen zwei Gläser Bier und sie lachten gerade lauthals, als die drei Jungen in die Kneipe stürmten.
»Mac! Wir brauchen deine Hilfe! Schnell!«, stieß Justus atemlos hervor.
»Da draußen! Ein Riesenfisch, der einen Angler frisst!« Peter deutete hektisch auf den See hinaus.
Bob nickte. »Wir müssen rausfahren! Der Mann kommt nicht mehr ins Boot!«
Die junge Bedienung hinter dem Tresen machte große Augen.
»Wowowow, jetzt mal ganz langsam, die Herren!« Mac schob sich seine Kappe aus der Stirn und machte eine beruhigende Geste. »Ein Riesenfisch, der einen Angler frisst?« Er lächelte Onkel Titus verschmitzt zu.
»Wart ihr womöglich zu lange in der Sonne?«, fragte Onkel Titus.
»Wir meinen es absolut ernst. Auf dem See schwebt ein Mann in Lebensgefahr. Wir müssen ihm sofort helfen, sonst ist es womöglich zu spät!«
Macs stahlblaue Augen verengten sich. Er und Onkel Titus hörten auf zu lachen. Justus' starrer Blick und sein Tonfall ließen keinen Zweifel: Das Ganze war kein Scherz.
Mac sprang auf. »Wo?«
»In Sichtweite der Uferstelle, die du uns genannt hast«, erwiderte Bob. »Etwa hundert Meter weit draußen.«
»Kommt mit!«
Mac eilte aus der Kneipe, lief über den Kai und auf einen der beiden steinernen Piers, an dem einige kleinere Kutter und

Boote vertäut lagen. Er hielt auf ein weißes Motorboot zu, an dem sich ein groß gewachsener, bärtiger Mann in Gummistiefeln zu schaffen machte.

»Chris, ich brauch dein Boot! Draußen beim *Pebble Beach* säuft einer ab! Mit meiner *Amy* dauert es zu lang.« Er zeigte auf einen Fischkutter älteren Datums, der am anderen Pier lag.

Der Bärtige richtete sich auf. »Jemand säuft ab? Wirklich? Woher …«

»Die Jungs hier haben es beobachtet.« Mac deutete hinter sich, wo ihm die drei Detektive und Onkel Titus auf dem Fuß folgten.

»Okay, springt rein!« Der Mann namens Chris löste das Tau, und noch während sich alle einen Platz im Boot suchten, warf er das Dieselaggregat an. Mac stieß das Boot von der Piermauer ab, dann ging es in zunehmendem Tempo hinaus auf den Black Lake.

»Ihr sagtet was von Riesenfisch«, rief Mac den Jungen über den Lärm des Motors hinweg zu.

Bob krallte sich an einer der Relingstangen fest, weil die Sprünge des Bootes über die Wellen immer heftiger wurden. »Der Mann … hat geangelt … und dann … hat ihn was ins Wasser gezogen … und unter Wasser … Er kam nicht mehr … in sein Boot.«

»Unter Wasser, sagst du?«

»Ja, wie in diesen …« Peter bekam einen Schwall Gischt ins Gesicht und schnappte nach Luft. »… in diesen Haifilmen. Auf einmal war er weg. Und dann wieder da.«

Mac und Chris sahen sich an. Für einen Moment glaubte

Justus so etwas wie Unsicherheit in ihren Blicken lesen zu können. Oder war es mehr? Angst?
»Ein Namaycush vielleicht«, meinte Chris. »Oder ein Catfish.«
Mac zuckte nur die breiten Schultern.
»Was ist ein Namaycush?«, rief Peter.
»Eine Seeforelle«, erwiderte Mac. »Die größten Exemplare, die je gefangen wurden, waren über anderthalb Meter lang und wogen mehr als 50 Kilo. Aber das war im 19. Jahrhundert. Heute werden die nicht mehr so groß. Fischerei, Umwelteinflüsse – da schafft es keiner mehr über 20, 30 Kilo. Der größte, den ich je im Netz hatte, wog 23 Kilo. Mordsbrocken, aber keiner, der einen Mann vom Boot zieht.«
»Und wie groß wird ein Catfish?«, fragte Bob, dem es von dem andauernden Gehüpfe allmählich flau im Magen wurde.
»Die schwarzen Bullheads wurden auch mal über anderthalb Meter lang und sogar noch schwerer als ein Namaycush. Aber auch die haben die besten Zeiten hinter sich.«
»Da ist er!« Onkel Titus zeigte auf den See. »Da vorne!«
»Seh ihn!« Chris legte sein Boot in die Kurve und hielt auf den Angler zu.
Der Mann lebte noch! Oder zumindest befand er sich noch über Wasser. Als sie nah genug waren, erkannte Peter, dass sich der Mann mit einer Hand am Bordrand seines Holzbootes festklammerte. Doch er drehte sich nicht zu ihnen um, sondern sah nach unten, ins Wasser.
Chris drosselte das Tempo und lenkte sein Boot vorsichtig neben das andere.
Mac beugte sich über die Reling. »Hallo? Sind Sie verletzt?«,

rief er dem Mann zu. Er krempelte die Ärmel seines Holzfällerhemds hoch und streckte den Arm aus. »Geben Sie mir Ihre Hand, ich helfe Ihnen ins Boot.«
Der Mann reagierte nicht, sondern blickte weiter in die schwarze Tiefe.
»Mister?« Mac berührte die Schulter des Anglers.
Wie vom Blitz getroffen, zuckte der Mann zusammen, schrie auf und wirbelte im Wasser herum. Aus schreckgeweiteten Augen starrte er seinen Rettern entgegen.
»Hilfe!« Ein heiserer, kaum hörbarer Laut. »Hilfe!« Der Mann ließ von seinem Boot ab und tastete hektisch nach Macs Hand. »Helfen Sie mir! Schnell! Da unten ... ein ... Monster! Ein ... Monster!« Ein irres Flackern ließ den Blick des Mannes erzittern, dann schwanden ihm die Sinne.
Mac packte den bewusstlosen Angler am Oberarm und zog ihn zu sich heran. Aber nur mit Peters und Bobs Hilfe gelang es, den tropfnassen Körper an Bord zu hieven. Sie betteten den Mann auf die Heckbank und Chris legte ihm eine Decke über. Dann fuhren sie langsam zurück zum Hafen.
Während Mac über sein Handy den Notarzt verständigte, warfen sich die drei Jungen irritierte Blicke zu. Ein Monster? Was hatte der Mann gesehen? Was hatte ihn in derartige Panik versetzt? Als Mac auflegte, kam jedoch Onkel Titus ihren Fragen zuvor.
»Sag mal, Mac.« Onkel Titus nestelte an seinem Bart herum und lächelte verschwommen. »Dieser Mann ... Also, ich meine ... Habe ich das richtig verstanden? Monster? Der hat doch vermutlich zu tief ins Glas geblickt, bevor er rausgefahren ist, oder?«

»Vermutlich«, war Macs einsilbige Antwort. Wieder wechselten er und Chris Blicke.
»Hätte ja sein können. Das Ungeheuer vom Black Lake! Ha! Loch Ness bekommt Konkurrenz!« Onkel Titus lachte auf, aber es klang unecht und gewollt.
»Genau.« Macs Mund verzog sich zu einem Lächeln. Seine Augen lächelten nicht.
Justus konnte die Anspannung, die im Boot herrschte, förmlich spüren. »Mac?« Er sah ihm direkt in die Augen, doch Mac blickte zur Seite. »Denkst du wirklich, dass der Mann einfach nur betrunken war? Dass ihm seine Fantasie einen Streich gespielt hat?«
Mac sagte nichts.
»Hallo?« Peter fühlte ein unangenehmes Kribbeln im Bauch. »Worüber reden wir hier? Oder worüber reden wir vielmehr nicht? Monster? Das ist doch Unsinn, oder? Mac? Oder?«
Mac zögerte. »Nun ja.«
Peter traten schier die Augen aus den Höhlen. »Nun ja? Was bitte soll denn *Nun ja* bedeuten?« Der Zweite Detektiv sah ins schwarze Wasser und rückte ein Stück von der Bordwand weg.
»*Nun ja* bedeutet«, übernahm Chris, ohne sich umzudrehen, »dass das alles Blödsinn ist.«
Peter atmete auf. »Na, Gott sei Dank!«
»Eigentlich.«
»Eigentlich?« Auch Bob war jetzt beunruhigt.
»Nun ja.« Chris schnaubte belustigt durch die Nase. »Es gibt schon ein paar Geschichten. Doch das ist alles Anglerlatein, Geschwafel. Wirklich gesehen hat von uns hier noch keiner

etwas, das … na, ihr wisst schon. Und ich fahre jetzt schon an die dreißig Jahre raus. Aber ab und zu gibt's eben einen Witzbold, der unbedingt meint, dass er was gesehen hat.«
»Und was wollen diese Witzbolde gesehen haben?« Peter blickte zum Hafen. Wann waren sie endlich da?
Mac zuckte die Schultern. »Wir wissen es nicht. Jemand erzählte mal, dass vielleicht irgend so ein Idiot ein Krokodil im See ausgesetzt hat, weil es zu Hause nicht mehr in sein Terrarium passte. Und das wurde dann größer …«
»Könnte das denn hier im See überleben?« Auch Bob musterte jetzt aufmerksam die Wasseroberfläche.
»Ein Süßwasserkrokodil dürfte hier durchaus akzeptable Bedingungen vorfinden«, meinte Justus. »Und wenn ich mich recht erinnere, können Exemplare dieser Spezies bis zu drei Meter groß werden.« Er sah zu Mac. »Gab es auch noch andere Theorien?«
Mac verzog unschlüssig den Mund. »So ein Wissenschaftler-Heini plapperte mal was von einem Urzeit-Seeungeheuer, das im Black Lake überlebt haben könnte. Aber der Kerl war ziemlich schräg.«
Der Erste Detektiv nickte. »Eine ähnliche Theorie kursiert auch in Bezug auf das Ungeheuer von Loch Ness.« Er blickte versonnen auf den See hinaus. »Äußerst bemerkenswert. Sehr mysteriös.«
»Tu dir keinen Zwang an.« Peter deutete ins Wasser. »Crocky freut sich bestimmt über einen ordentlichen Happen Detektivfleisch. Ich für meinen Teil werde jedenfalls niemals wieder auch nur den kleinen Zeh in diesen See tauchen, so viel steht fest.«

Chris lachte polternd. »Da hat aber einer die Hosen voll, hm?« Er verlangsamte das Tempo und steuerte auf den Pier zu. »Da drin ist nichts, Jungs, glaubt es mir. Da wollten sich nur ein paar Leutchen wichtigmachen.«
Mac Anderson ließ seinen Blick über die schwarzen Wellen streichen. Und schwieg.

Ausnahmezustand

Einige Tage später saßen die drei ??? in der jonasschen Küche und ließen sich Fischstäbchen mit Pommes schmecken. Sie hatten den ganzen Vormittag damit zugebracht, eine Ladung alter Fahrräder auf Vordermann zu bringen, die Onkel Titus bei einer städtischen Versteigerung erworben hatte. Reifen flicken, Rost abschmirgeln, lackieren, Ketten schmieren, Schrauben und Muttern kontrollieren – die Arbeit würde sie noch einige Zeit in Anspruch nehmen. Aber so kamen noch ein paar Dollar mehr in ihre leeren Kassen. Denn allzu viel war bei Mac tatsächlich nicht rausgesprungen.

Über die Sache am Black Lake hatten sich die Jungen noch ausgiebig unterhalten. Besonders Justus hatte die Angelegenheit keine Ruhe gelassen, weswegen er das Internet und eine ganze Reihe Bücher nach Hinweisen durchstöbert hatte. Doch auf wirklich Aufschlussreiches war er nicht gestoßen. Es hatte sich im Grunde nur bestätigt, was Chris gesagt hatte: dass da nichts war, dass alle Geschichten nur Gerede und Gerüchte waren.

»Kann ich mal bitte das Ketchup haben?« Peter streckte den Arm aus und Bob reichte ihm die Flasche. »Ich habe immer noch diesen grässlichen Geschmack im Mund.«

Bob lachte. »Was musstest du auch den Fahrradschlauch mit dem Mund aufblasen.«

»Ich weiß, aber so ein Typ im Fernsehen hat auf diese Weise mal einen Schlauch zum Platzen gebracht. Und ich wollte sehen, ob ich das auch kann.«

»Du solltest die Ware aber reparieren, junger Mann, nicht kaputt machen.« Tante Mathilda warf dem Zweiten Detektiv einen vorwurfsvollen Blick zu und stellte eine weitere Schüssel Pommes auf den Tisch.

»Hat ja auch nicht funktioniert«, sagte Peter zerknirscht. »Irgendwann kam die ganze Luft zurück und hat *mich* aufgeblasen. Und das schmeckte echt widerlich.«

Alle am Tisch lachten. Doch plötzlich blieb Justus das Lachen im Hals stecken. »Seid mal leise!« Er erhob sich und ging zu dem kleinen Fernseher, der eingeschaltet auf der Kommode stand. Ein Reporter mit Mikrofon stand auf einem belebten Pier und hielt eine Zeitungsseite mit einem Foto in die Kamera. Hinter ihm war ein größeres Gewässer zu sehen, das dunkel zwischen ansteigenden Berghängen lag.

»Das ist doch der Black Lake!«, rief Onkel Titus.

»Schttt!« Justus drehte den Ton lauter.

»… angeblich ein Seeungeheuer gesehen und sogar fotografiert«, sagte der Reporter. Die Kamera zoomte auf das Foto. »Hier können Sie ganz deutlich etwas erkennen, das wie ein Kopf auf einem langen Hals aussieht.« Der Finger des Reporters kam ins Bild und zeigte auf ein schlangenkopfähnliches Gebilde, das auf den glitzernden Wellen zu schwimmen schien. »Das Foto ist zwar etwas verwackelt, doch auch Experten schließen nicht mehr aus, dass die Aufnahme echt sein könnte.«

Peter ließ langsam seine Gabel sinken. »Ich … glaub das nicht!«

»Das ist ja …« Auch Bob war wie vom Donner gerührt.

»Potztausend!«, entfuhr es Onkel Titus.

Tante Mathilda deutete zum Fernsehgerät und schüttelte den Kopf. »Kann mir mal einer sagen, was plötzlich in euch gefahren ist? Solche Märchen flimmern doch täglich über die Mattscheibe.«
»So eins nicht«, hauchte Peter.
»Ach was! Da hat sich bestimmt wieder irgendein Scherzkeks einen Spaß erlaubt.«
»Das wird sich zeigen.« Der Erste Detektiv nahm seine Serviette ab und legte sie auf den Küchentisch. »Kollegen, wir müssen dringend einen Anruf tätigen. Kommt ihr?«
»Unbedingt!« Peter und Bob erhoben sich.
»Onkel Titus, steht die Nummer von Mac draußen in eurem Adressbüchlein?«
»Ja, unter Anderson.«
Tante Mathilda verstand die Welt nicht mehr. »Aber … was ist denn nur los? Eure Fischstäbchen!«
Onkel Titus legte seiner Gattin beschwichtigend die Hand auf den Arm. »Lass die Jungen gehen, Liebes. Ich erzähle dir, was geschehen ist.«
Justus schlug im Flur die Telefonnummer von Mac Anderson nach. Dann liefen die drei Detektive über den Schrottplatz der Familie Jonas zum Kalten Tor, einem Kühlschrank, dessen Rückwand sich zur Seite schieben ließ. Dahinter begann eine kurze Wellblechröhre, die verborgen unter einem Berg Gerümpel zum Eingang eines ausrangierten Wohnanhängers führte – der Detektivzentrale der drei Freunde. Dort angekommen, wählte Justus Macs Nummer und schaltete auf Lautsprecher. Peter und Bob ließen sich in zwei alte Sessel plumpsen und lauschten dem Freizeichen.

»Mac Anderson?«
»Hallo, Mac, hier ist Justus, Justus Jonas.«
»Ah, Justus, hallo! Wie geht es dir?«
»Gut, alles bestens. Mac, wir haben gerade im Fernsehen gesehen, dass …«
»Himmel, ja! Hör mir auf! Hier ist der absolute Wahnsinn ausgebrochen.« Mac klang äußerst verärgert.
»Wie meinst du das?«
»Wie ich das meine? Seit dieser Mist gestern öffentlich wurde, ist hier die Hölle los. Horden von Schaulustigen, Wissenschaftlern, Naturschützern und allen möglichen Durchgeknallten sind am Black Lake eingefallen und fahren den ganzen Tag kreuz und quer über den See. Kein Bett ist mehr frei, überall werden Zelte aufgeschlagen und diese Schwachköpfe mieten alles, was schwimmen kann.«
Die drei ??? sahen sich verwundert an. So kannten sie Mac gar nicht. Der Mann war wirklich extrem genervt.
»An Fischen ist überhaupt nicht mehr zu denken. Solange dieser Blödsinn nicht vom Tisch ist, kann ich meinen Laden hier dichtmachen. Und wovon ich in der Zwischenzeit leben soll, interessiert natürlich kein … entschuldigt bitte.« Mac schluckte hörbar. »Aber hier herrscht wirklich Ausnahmezustand. Und das alles nur wegen eines dämlichen Fotos.«
»Verstehe.« Justus wartete einen Moment, bevor er fortfuhr. »Andererseits … obwohl wir das Foto nur im Fernsehen gesehen haben, muss ich zugeben, dass die Aufnahme echt aussah. Das scheint auf den ersten Blick keiner dieser verpixelten, grobkörnigen Amateurschnappschüsse zu sein. Oder hast du inzwischen andere Informationen?«

»Nein«, knurrte Mac. »Im Gegenteil. Hier kursieren mittlerweile Gerüchte, dass die Aufnahme definitiv echt ist.«
Peter richtete sich in seinem Sessel auf. »Das würde aber ja bedeuten, dass das Monster auch … echt ist.«
Justus schüttelte den Kopf. »Peter meinte gerade, dass dann wohl das Monster ebenfalls echt ist«, gab er an Mac weiter. »Aber erstens lässt sich heutzutage nur sehr schwer mit letzter Sicherheit beweisen, dass ein Foto nicht bearbeitet wurde. Und zweitens heißt das trotzdem erst mal nur, dass das Foto echt ist, nicht aber das Monster.«
Peter zog ein skeptisches Gesicht. »Na, wenn du das so genau weißt.«
»Mag alles sein«, sagte Mac, »doch das ändert nichts an meinem Problem und dem meiner Kollegen. Bevor sich dieses Ding nicht als Hirngespinst erweist, ist für uns Feierabend. Keine Fische, keine Dollars, kein Brot auf dem Tisch.«
Justus legte seine Hand auf die Sprechmuschel und sah seine beiden Freunde an. Und die wussten sofort, wie sie seinen Blick zu verstehen hatten. Bob nickte, während Peter erst einmal die Stirn in Falten legte.
»Peter?«
»Ja, ist ja gut! Manno! Ein Seemonster jagen! Super Idee.«
Der Erste Detektiv lächelte zufrieden und öffnete wieder die Sprechmuschel. »Mac, wir würden dir gerne unsere Hilfe anbieten.«
»Eure Hilfe? Wie meinst du das?«
»Bist du in gut einer Stunde zu Hause?«
»Ja. Gezwungenermaßen.«
»Dann bis später.«

Die Ermittlungen beginnen

Mac hatte nicht übertrieben. Als die drei Detektive eine gute Stunde später im Schritttempo durch Crystal Bay rollten, erkannten sie das Städtchen kaum wieder. Unmengen von Autos parkten an allen dafür vorgesehenen und auch an dafür nicht vorgesehenen Stellen. Menschen drängelten sich auf den Bürgersteigen, überquerten hektisch die Straßen, strömten in die wenigen Geschäfte des Ortes oder quollen daraus hervor, überall hupte, brummte, brabbelte und lärmte es. Fernseh- und Radiosender hatten ihre Übertragungswagen positioniert, Reporter hielten Passanten Mikrofone unter die Nase, zahllose Kameras waren auf die Wasserfläche gerichtet. Und auf dem Black Lake selbst sah es nicht sehr viel anders aus. Ein bunter Schwarm von Kuttern, Ruderbooten, Schlauchbooten, Motorbooten, Segelbooten und Kähnen schob sich kreuz und quer über den dunklen See, dessen aufgewühltes Wasser unruhig an die Piers schwappte.

Bob pfiff leise durch die Zähne. »Hier geht's ja zu wie auf dem Jahrmarkt!«

»Vorsicht, Bob!« Peter stützte sich am Armaturenbrett ab und der dritte Detektiv trat auf die Bremse.

Ein Mann, voll bepackt mit Angelausrüstung, glotzte wütend durch die Windschutzscheibe. »Keine Augen im Kopf, oder was?«

»Tut mir leid!« Bob hob die Hand. »Mein Fehler!«

Justus warf einen Blick auf die Nummernschilder. »Die Leute kommen von überallher. Nevada, Utah, Texas, sogar jemand aus South Carolina. Der ist einmal quer durch die Vereinigten Staaten gereist! Die Sensationsgier der Menschen kann einem manchmal wirklich Angst machen.«

Die drei Jungen brauchten noch weitere fünfzehn Minuten, bis sie endlich bei Mac Anderson ankamen. Mac saß im Hof seines Hauses und flickte Netze, seine Frau hängte Wäsche ab und Ben kämpfte im Gras mit einer rosa Schwimmnudel.

»Was macht denn Ben da?«, wunderte sich Peter beim Aussteigen.

»Hi, Leute!« Ben sprang auf und kam mit seiner Nudel auf die drei Jungen zugelaufen. »Habt ihr das gesehen? So gepackt und dann, uah!, herumgedreht und zack!, hatte ich ihn! Cool, oder?«

Justus sah Ben irritiert an. »Wovon sprichst du?«

»Na, hier! Das Monster!« Ben schob sich seine gelbe Baseballkappe zurecht und streckte ihnen die Schwimmnudel entgegen. »Ich hab's gefangen!«

»Hallo, Jungs!« Mac gesellte sich zu ihnen und legte seinem Sohn die Hand auf den Kopf. »Ben hilft mir, wo er kann.« Mac lächelte, aber er sah nicht wirklich fröhlich dabei aus.

»Jetzt kann Dad wieder rausfahren!« Ben versetzte seinem Nudelmonster noch einen Schlag auf den Kopf. Doch dabei entkam es ihm wieder und Ben stürzte sich erneut ins Gras, um es ein weiteres Mal zu bezwingen.

Mac sah die Jungen fragend an. »Wie meintet ihr das jetzt vorhin mit der Hilfe?«

Leah trat mit einem vollen Wäschekorb zu ihnen und pustete sich eine blonde Strähne aus der Stirn. »Mac, wo bleiben deine Manieren? Die Jungs haben sicher Durst!«

»Natürlich, tut mir leid. Kommt mit!«
Im Haus setzten sich die drei ??? und Mac an den großen Esstisch. Leah holte selbst gemachte Holunderlimonade aus dem Eisschrank, goss jedem ein Glas ein und nahm dann neben ihrem Mann Platz. Durch das offene Fenster drangen wüste Beschimpfungen herein. Ben kämpfte noch mit dem Monster …
Justus hatte die Visitenkarte schon in der Hand. »Wir meinten das so, Mac.« Er überreichte ihm die Karte.

»Alle Achtung! Davon wusste ich ja gar nichts!« Mac reichte die Karte an seine Frau weiter. »Ihr seid Detektive?«
Die drei Jungen nickten.
»Interessant! Und was bedeuten die drei Fragezeichen?«, fragte Leah.
»Die stehen für alle noch ungelösten Rätsel, die auf uns warten«, erwiderte Bob.
»Verstehe.«
Mac verschränkte die Finger und legte die Arme auf den Tisch. »Und … was wollt ihr tun?«

»Vorausgesetzt, du überträgst uns den Auftrag, würden wir angemessene Strategien und Handlungsmöglichkeiten entwerfen, die geeignet sind, dem Geheimnis des Monsters auf die Spur zu kommen«, entgegnete Justus. »Was das im Einzelnen sein wird, wird der Verlauf der Ermittlungen ergeben, aber ich darf euch versichern, dass wir einige Erfahrung mitbringen, gerade was mysteriöse Fälle wie diesen betrifft.«

Leah lächelte. »Wenn ihr nur halb so gut seid, wie du dich auszudrücken weißt, hat das Monster keine Chance.«

Peter machte eine beruhigende Geste. »Keine Sorge, das ist nicht ansteckend.«

Mac war nicht zum Lachen zumute. »Ich weiß nicht, Jungs. Was könnt ihr da schon ausrichten? Und wenn euch was passiert? Ich meine, der See ist nicht ohne. Und Geld haben wir auch nicht viel.«

»Um die Bezahlung musst du dir keine Sorgen machen«, sagte Bob. »Wir nehmen nie etwas für unsere Arbeit. Hauptsache, unsere Auftraggeber und wir sind mit dem Ergebnis zufrieden. Ob wir was ausrichten können, wird sich zeigen, aber wie Just schon sagte: Wir machen das nicht zum ersten Mal. Und aufpassen können wir ganz gut auf uns, oder, Kollegen?«

»Keine Frage.« Justus nickte.

»Meistens«, hätte Peter gerne gesagt, verkniff es sich jedoch.

Mac hob die Schultern. »Meinetwegen. Schlimmer kann es ja kaum werden.«

»Sehr schön!«, sagte Justus zufrieden. »Dann zuallererst die Frage an dich, Mac: Kannst du uns irgendetwas über die Angelegenheit sagen?«

»Ich weiß auch nicht mehr als das, was man sich erzählt.«
»Weißt du, wer das Foto gemacht hat?«
»Angeblich eine Touristin.«
»Und wo wurde es aufgenommen?«
»Ich habe das Foto noch nicht gesehen. Und ich will es auch gar nicht. Das ist mir alles zu hirnverbrannt.«
»Hast du denn eine Vermutung, was die Touristin da gesehen haben könnte?«, fragte Bob.
Mac machte ein verächtliches Geräusch. »Einen Baumstamm, der im See treibt, Wolkenschatten, einen Fleck auf der Linse ihrer Kamera. Keine Ahnung.«
»Und der Angler, den wir aus dem See gezogen haben?«, erkundigte sich Peter. »Kennst du den?«
»Auch irgendein Tourist.«
»Hält sich der noch in Crystal Bay auf?«
Mac lachte trocken. »Der hat schon tags darauf das Weite gesucht und wird in Zukunft wohl einen weiten Bogen um den Black Lake machen.«
Der Erste Detektiv nickte. »Gut. Danke dir, Mac.«
Damit verabschiedeten sich die Jungen und fuhren zurück nach Crystal Bay. Als Erstes wollten sie sich um das Foto kümmern, das sie im Fernsehen gesehen hatten. In einem Kiosk in der Nähe des Hafens kaufte Justus eine Ausgabe des *Castaic Observers*. Übergroß prangte das Foto auf der Titelseite, darüber stand in fetten Lettern: *Das Monster vom Black Lake?*, wobei das L von *Lake* wie der Kopf einer Schlange gestaltet war.
Der Erste Detektiv zeigte dem Verkäufer das Bild. »Können Sie mir sagen, wo dieses Foto aufgenommen wurde?«

Der Mann sah ihn über den Rand seiner Lesebrille verwundert an. »Na, hier, Junge.« Er deutete auf den See hinaus.
»Jaja, natürlich, aber wo genau? Wo stand der Fotograf?«
»Fotografin. War 'ne Touristin aus Idaho, glaub ich. Aber wo die stand? Keine Ahnung.«
»Wissen Sie denn, wann sie das Foto gemacht hat und ob sich die Dame noch in Crystal Bay aufhält?«
»Seh ich aus wie 'n Einwohnermeldeamt? Junge, du stellst aber auch Fragen.«
Die drei Detektive versuchten ihr Glück am Hafen. Wenn jemand den See genau kannte, dann die örtlichen Fischer. Justus hielt auf den ersten Pier zu, an dem, wie er erkannte, auch Macs Kutter *Amy* lag.
Je näher sie dem Pier kamen, desto größer wurden das Gedränge und der Lärm. Leute hasteten hin und her, um Kisten, Kartons, Geräte, Ausrüstungsgegenstände und Sonstiges auf die Boote zu schleppen oder Dinge an Land zu bringen. Ein Kutter wurde lautstark gestartet, jemand klopfte mit einem Hammer auf Metall, auf dem Wasser kam man sich beim Ein- und Ausfahren in die Quere, alles schrie durcheinander, schob, drängelte, war in Eile.
»Herrje! Passen Sie doch auf!«, rief auf einmal jemand hinter Bob. Der dritte Detektiv fuhr herum und sah gerade noch, wie ein paar Kartons mit Bierdosen ins Hafenbecken fielen.
»Aber … aber Sie sagten doch, Sie hätten die Dosen sicher in der Hand!« Ein Mann um die fünfzig, schmächtig, Stirnglatze, rotes Gesicht, blickte bekümmert auf ein Ruderboot hinab.
»Aber doch nicht alle auf einmal!«, blaffte der Mann im Boot

zurück, ein dicker Schnauzbartträger mit hervorquellenden Augen. »Warum bringen Sie mir das Zeug auch nicht direkt an Bord? Schließlich hab ich Ihnen teures Geld dafür bezahlt!«

»Ja, aber … ich sagte doch … Also das ist doch …«

Auf dem Kutter nebenan ertönte ein kehliges, gehässiges Lachen. »Simon aufs Wasser? Davon träumst du!« Der grobschlächtige Fischer schüttelte den Kopf und widmete sich wieder seinen Seilen.

Der Mann namens Simon wurde noch ein wenig röter. »Ich … ich hole neue Dosen«, stammelte er und ging davon. Justus blickte ihm nach und sah ihn in einem der Hafengeschäfte verschwinden, über dem *S. Pettengill: Angelzubehör und Lebensmittel* stand.

»Kommt, Kollegen, wir fragen den da!« Bob zeigte auf den Fischer neben ihnen, der immer noch in sich hineinlachte. »Der kennt sich hier sicher aus.«

Doch Grady, wie sich der Mann den drei Detektiven mit kräftigem Händedruck vorstellte, wusste auch nicht, wo die »Nebelkrähe«, wie er sich ausdrückte, das Foto aufgenommen hatte. Alles, was er den Jungen mitgeben konnte, waren schmierige Finger.

»Na super!«, maulte Peter, als sie wieder von Bord waren. Er blickte sich nach irgendetwas um, woran er sich die Hände abwischen konnte.

»Versuchen wir es eine Hausnummer weiter.« Justus steuerte ein Fischerboot mit Kajüte an. Ein Mann mit grauer Wollmütze und wettergegerbtem Gesicht machte sich dort an der Reling zu schaffen.

»Entschuldigen Sie, Mr …?«
»Ned, einfach nur Ned.« Der Mann sah auf und schob seine Pfeife in den rechten Mundwinkel. »Jungs, ich bin schon vergeben.«
»Nein, wir wollen nicht mitfahren«, sagte Justus. »Könnten Sie vielleicht nur mal einen Blick hierauf werfen und uns sagen, wo das Foto aufgenommen wurde?« Er drehte die Zeitung so, dass der Mann die Aufnahme sehen konnte.
Ned konzentrierte sich wieder auf seine Arbeiten. »Ich hab gehört, dass das hinten bei *Foggy Nose* gewesen sein soll.« Ohne aufzusehen, zeigte er unbestimmt nach Osten.
»Und wie kommen wir dahin?«, fragte Peter.
»Laufen, schwimmen, Boot. Nichts für ungut, Jungs, aber ich muss mich jetzt um anderes kümmern.« Ned tippte sich an die Stirn und verschwand in seiner Kajüte.
Bob sah ihm missmutig hinterher. »Das lässt sich alles sehr zäh an, Kollegen.«
Und die Ermittlungen blieben unergiebig. Die Frau, die das Foto aufgenommen hatte, war inzwischen abgereist, wie die drei Jungen erfuhren, nachdem sie fast alle größeren Unterkünfte der Stadt abgeklappert hatten. Auch hatte niemand, weder von den Einheimischen noch von den Gästen, die sie befragten, das Monster noch einmal gesehen, und so überzeugt die einen waren, dass das Monster existierte, so sehr hielten die anderen das für ausgemachten Schwachsinn.
Die Jungen berieten, was sie tun sollten. Zur *Foggy Nose*, einer Halbinsel im Osten des Black Lake, zu laufen, dauerte einen halben Tag, wie ihnen eine Landkarte verriet, dorthin zu schwimmen war natürlich Unsinn.

»Wir müssen doch versuchen, ein Boot zu mieten, oder fragen, ob wir irgendwo mitfahren dürfen – auch wenn's angesichts dieses Rummels hier ein Ding der Unmöglichkeit zu sein scheint«, sagte Justus.
»Was war jetzt noch mal der genaue Grund dafür, dass du auf den See hinauswillst?« Peter konnte diesem Vorhaben rein gar nichts abgewinnen.
»Um uns auch dort einen Überblick zu verschaffen. Über die Leute, die rausfahren, über den See, über *Foggy Nose*. Außerdem haben wir im Moment keinen anderen Ansatzpunkt.«
Peter atmete tief durch. Auf den Black Lake fahren. Dabei wollte er doch mit diesem See nie wieder etwas zu tun haben.

Ogopogo und die Nussschale

Die Suche nach einer Möglichkeit, auf den See zu kommen, erwies sich wie erwartet als Geduldsprobe. Das eine Boot war voll, auf einem anderen wollte man keinen unnötigen Ballast, ein nächstes war reserviert, und für die wenigen freien Plätze, die es dann doch noch gab, hätten die drei Jungen ein kleines Vermögen bezahlen sollen.

Der schwimmende Untersatz, den sie schließlich ergatterten, war das ausrangierte Ruderboot eines alten Aalfischers. Ein schon fast antikes, schwerfälliges Gefährt, von dem die Farbe abblätterte und das nach Peters Dafürhalten mindestens eine Tonne wog. Ächzend schleppten die drei Jungen das Boot zum Wasser. Nachdem sie festgestellt hatten, dass es auch tatsächlich schwamm, stiegen sie vorsichtig ein.

»Das ist aber jetzt nicht euer Ernst, oder?« Ein groß gewachsener Mann um die sechzig trat auf das Achterdeck eines sehr schnittigen, großen Motorbootes neben ihnen und blickte auf sie herab. Sein gepflegtes Äußeres, die modische Sonnenbrille und die präzise Sprechweise ließen die Vermutung zu, dass er eher kein Fischer war.

»Was meinen Sie?« Peter sah nach oben und kniff die Augen zusammen, weil ihn die Sonne blendete. Als Justus einstieg, klammerte er sich rechts und links an die Bordwand, weil das Boot bedenklich wackelte.

»Na, dass ihr mit dieser Nussschale rausfahren wollt! Habt ihr denn überhaupt eine Ahnung, was euch dort erwarten könnte?«

»Wissen Sie es?«, gab Justus zurück und ließ sich langsam auf die schmale Sitzbank sinken.
»Nun, meines Erachtens könnte es sich hier um das gleiche Phänomen handeln, wie wir es beim Ogopogo im Okanagan Lake in Kanada vermuten. Oder beim Igopogo im Lake Simcoe beziehungsweise beim Manipogo im Manitobasee.«
»Pogo-was?«, echote Peter.
»Über abertausende von Jahren konservierte Eier eines Zeuglodonten oder eines Cadborosauriers könnten freigeschwemmt und von der Sonne oder der Erdwärme ausgebrütet worden sein.«
Der Zweite Detektiv starrte ins Wasser. »Dinosaurier?«
»Sind Sie Wissenschaftler?«, fragte Bob.
»Paläozoologe. Ich beschäftige mich mit fossilen Tieren.«
»Sie wollen uns doch nur erschrecken!« Peter klang nicht überzeugt. »Damit wir nicht rausfahren.«
»Ein Boot mehr oder weniger würde bei dem Betrieb keinen Unterschied machen. Nein, Jungs.« Der Wissenschaftler wurde ernst. »Ich will euch warnen. Überlegt euch das gut, gerade mit so einer Nussschale!«
Die Warnung zeigte durchaus Wirkung. Peter wäre am liebsten sofort wieder ausgestiegen, Bob spürte ein deutliches Ziehen in der Magengegend und Justus fand nun alles noch viel interessanter als vorher.
»Dinosaurier! Kollegen, stellt euch mal vor, wir entdecken ein Exemplar einer längst ausgestorbenen Spezies!« Justus stieß das Boot vom Pier ab und legte sich gleich mit erstaunlichem Eifer in die Riemen. »Vielleicht wird es dann sogar nach uns benannt!«

»Ja, Peterfressosaurus.« Der Zweite Detektiv hatte nicht Augen genug, um die Wasseroberfläche abzusuchen.
»Ach was! Wenn wir nur ein Echolot zur Verfügung hätten!« Auch Justus hielt nach allem Ungewöhnlichen im oder auf dem Wasser Ausschau. Dem Kopf eines Justussauriers vielleicht, dem Schwanz eines Detektivodonten? »Dann könnten wir das Wasser bis zum Grund absuchen. Dieser Paläozoologe hat sicher eines an Bord.«
Langsam und behäbig glitt das Boot auf den Black Lake hinaus. Die Jungen wechselten sich mit dem Rudern ab und es dauerte eine Weile, bis sie den alten Kahn einigermaßen im Griff hatten und er fuhr, wohin sie wollten. Ganz allmählich näherten sie sich der Meute der anderen Schiffe. Doch ein Saurier oder irgendeine andere Art von Seemonster ließ sich nicht blicken. Alles, was sie in der nächsten halben Stunde zu Gesicht bekamen, waren ein See, der, aufgepeitscht von Motoren, Schiffsschrauben, Paddeln, Angelleinen, Ködern und Netzen, aussah, als würde er kochen, unterschiedlichste Wasserfahrzeuge von hinten, vorne und der Seite und darauf Menschen jeglichen erdenklichen Schlags. Sogar den Wirt des *Captain Hook* entdeckten sie. Peter witzelte, dass er den Fischern half, weil die sich sonst bald sein Bier nicht mehr leisten konnten.
»Was sind das eigentlich alles für Typen, die hier unterwegs sind?« Bob wurde ganz schwindelig von der Schaukelei. »Warum machen die das?«
»Touristen, Wissenschaftler, Großwildjäger, Abenteurer, Trophäensammler, Sensationsjunkies, Journalisten, Freaks. Such dir was aus.« Justus saß jetzt zusammengesunken auf

dem Boden des Bootes. Um den Schwerpunkt niedrig zu halten und das Schwanken zu vermindern. Schlecht war ihm trotzdem.

»Und was machen wir jetzt hier?« Peter blickte sich finster um. Er hatte Durst und ihm taten die Arme weh. Und der Hintern.

»Ich habe 27 Wasserfahrzeuge gezählt«, fuhr Justus fort. »Allerdings keines, das in irgendeiner Form meine Aufmerksamkeit erregt hätte.«

»Die hätten wir auch vom Ufer aus zählen können«, motzte Peter. »Und wie hätte überhaupt eines deine Aufmerksamkeit erregen sollen? Dachtest du, da liegt irgendwo ein Monster an Deck, sonnt sich, und bei Bedarf wird es ins Wasser geschmissen?«

Justus wiegte den Kopf. »An so etwas in der Art dachte ich tatsächlich. Nur ein wenig ausgefeilter.«

»Okay, kein ausgefeiltes Monster zu entdecken. War's das? Können wir jetzt wieder zurückfahren?«

»Wir sollten noch zur *Foggy Nose* rudern. Das da könnte sie sein.« Justus zeigte nach rechts, zu einer Halbinsel am Ostufer des Black Lake.

»Glaubst du, dass das Monster da wohnt? So mit eigenem Pool und Gemüsegarten?«

Justus seufzte. »Ich kann verstehen, Peter, dass dir nicht ganz wohl bei der Sache ist. Aber ja, da Tiere oft eine Art Rückzugsort haben, einen Platz, wo sie nisten oder schlafen, und das Wesen dort gesichtet wurde, ist es sicher nicht falsch, wenn wir da mal nachsehen.«

»Im Sauriernest? Mit fünf plärrenden Babysauriern? Weißt

du, was Mama-Saurier mit uns macht, wenn wir denen zu nahe kommen?«

»Wir werden alle nötige Vorsicht walten lassen, das ist auch in meinem Sinne.«

»Wird ohnehin schwierig, das mit dem Nahekommen«, sagte Bob.

»Wieso? Was ist?« Peter drehte sich zu Bob um.

»In diesem See scheint es Strömungen zu geben. Wir haben jetzt ein paar Minuten nicht mehr gerudert und sind ein gutes Stück nach Südwesten gedriftet.«

Justus orientierte sich. »Tatsächlich, du hast recht, Dritter.«

»Strömungen? In einem See? Wie geht das denn?«, wunderte sich Peter. »Oder sitzen wir vielleicht auf Crocky, der uns übers Wasser schiebt?«

»Strömungen in einem See sind nichts Ungewöhnliches«, bemerkte Justus. »Unterwasserquellen, Zu- und Abflüsse, Temperaturunterschiede, starke Variationen in der Wassertiefe, spezielle Windverhältnisse. Da gibt es eine Menge möglicher Ursachen.«

»Jedenfalls sollten wir uns mal kräftig ins Zeug legen, wenn wir zur *Foggy Nose* wollen.« Bob packte eines der Ruderpaare und tauchte es ins Wasser. Justus nahm das andere. Und Peter richtete seinen Blick auf die felsige Halbinsel vor ihnen. Die Strömung war in der Tat stark und die Jungen mussten sich ziemlich anstrengen, um Kurs auf *Foggy Nose* zu halten. Außerdem nahm der Wind zu. Immer wieder trieben steife Böen über den See und ließen die drei Jungen in ihrem wackeligen Boot frösteln.

Doch ganz langsam kam die Halbinsel näher. Ihr nördliches

Ufer war dicht mit Schilfrohr, Igelkolben und Sumpfschwertlilien bewachsen, der westliche und südliche Teil fielen dagegen karg und sandig in den See ab. Dahinter breitete sich eine karge, steinige Ebene aus, die schließlich in einen Berghang überging.

Plötzlich blubbte es. Zweimal. Alle drei Jungen hatten es gehört. Als wäre ganz in der Nähe etwas ins Wasser gefallen.

»Was war das?« Peter sah nach oben. Keine dunkle Wolke am Himmel, weit und breit kein Baum.

»Vielleicht ein Fisch, der auf- und dann wieder eingetaucht ist?«, riet Bob.

»Von wo kam das?« Peter hatte das Geräusch nicht orten können.

»Ich glaube, aus dem Schilfgürtel. Könnten auch Verwesungsgase gewesen sein, die in so einer Vegetationszone hin und wieder aufsteigen.« Justus ruderte gelassen weiter. Gleich hatten sie das Westufer von *Foggy Nose* erreicht.

»Verwesungsgase.« Peter verzog das Gesicht. »Lecker.«

Schilf raschelte. Links von ihnen.

»Kollegen.« Der Zweite Detektiv schluckte. »Krokodile sonnen sich doch gerne auf flachen, warmen Ufern. Und schlängeln sich dann durch die Pflanzen ins Wasser.«

Plötzlich schwankten einige Schilfrohre heftig hin und her. Justus hörte auf zu rudern. Das waren keine Gase.

»Ein großer Wasservogel vielleicht.« Bob flüsterte nur.

»Oder ein Otter.«

Das Boot schrammte jetzt über den steinigen Grund und kam zum Stehen. Aber keiner der drei Jungen stieg aus. Gemächlich wiegte sich das Boot in der sanften Dünung.

»Jetzt ist alles wieder ruhig«, zischte Peter. Obwohl der Wind über *Foggy Nose* hinwegpfiff, konnte der Zweite Detektiv deutlich sein Herz schlagen hören. Und irgendetwas in ihm raunte ihm zu, dass das kein Wasservogel gewesen war. Auch kein Otter. Nicht einmal an ein Krokodil konnte Peter glauben.

»Lasst uns aussteigen, Kollegen.« Justus holte seine Ruder ein und legte sie ins Boot.

»Warte!« Bob fiel ihm in den Arm. »Seht ihr das?« Er stand auf und zeigte auf das Ende des Schilfgürtels. Dorthin, wo das Röhricht ins freie Wasser überging.

Ein Schatten schob sich über die Wasseroberfläche, länglich und riesengroß. Wieder schwankten die Halme, wieder knisterte und raschelte es.

Und dann schrie Peter auf. Bob stieß einen dumpfen Laut aus, zuckte zurück, fiel über Bord in den See, rappelte sich in dem seichten Wasser sofort wieder auf und starrte nach vorne, während Justus die Augen aufriss und sein Mund auf und zu ging wie bei einem Fisch auf dem Trockenen.

Langsam und majestätisch trieb das Monster vom Black Lake hinter dem Schilf hervor!

Gespräch der Lichter

Peter fiel der Unterkiefer herab. »Kollegen. Das da … das da vorne …«

Bob wischte sich das Wasser aus dem Gesicht, prustete. »Das ist jetzt nicht wahr, oder?«

»Eine … eine … eine Attrappe«, stammelte Justus.

Die drei Jungen trauten ihren Augen kaum. Was da aus dem Schilf hervorgeschippert kam, war alles andere als ein furchterregendes Monster, das ihnen gleich den Garaus machen würde. Das Ding ähnelte zwar auf den ersten Blick einem Wesen, wie man es sich vorstellt, wenn von einem Seeungeheuer die Rede ist: langer Hals, kleiner Kopf, runder Rücken, graue, lederne Haut. Doch selbst aus zwanzig Metern Entfernung – so weit waren die drei ??? ungefähr von der Attrappe entfernt – fiel die Täuschung sofort in sich zusammen. Ein floßähnlicher Schwimmkörper, ein mit grauem Stoff oder Gummi überzogenes Gerüst, aufgemalte Zähne, Glassteine als Augen – das war alles, was hinter dem geheimnisvollen Monster vom Black Lake steckte.

Peter breitete die Arme aus. »Kann mir mal einer sagen, was hier los ist?«

»Ein Monster Marke Eigenbau!« Bob schüttelte den Kopf. »Und schlecht gemacht noch dazu.«

»Lasst uns das mal von Nahem betrachten«, sagte Justus. »Und Dritter, da du schon mal im Wasser bist – wärst du wohl so freundlich, uns wieder in tiefes Wasser zurückzuschieben?«

Von Nahem änderte sich der Eindruck nur unwesentlich. Das Monster blieb eine Attrappe, allerdings war sie nicht so simpel, wie Bob erst vermutet hatte. Der Schwimmkörper entpuppte sich als ein umfunktioniertes Schlauchboot, die Haut bestand aus einem latexähnlichen Gewebe, das Gerüst darunter wirkte sehr stabil und handwerklich recht anspruchsvoll. Mit einem Seil, das die drei Jungen im Boot fanden, nahmen sie das Monsterimitat ins Schlepptau und zogen es auf den See hinaus.

Die Folgen dieser Maßnahme ließen nicht lange auf sich warten. Kaum hatten die Leute in den anderen Booten das Monster gesichtet, flogen sie wie Motten ins Licht auf die drei ??? zu. Viele glaubten aus der Entfernung anscheinend, dass das Monster die Jungen verfolgte, und schrien und winkten und ließen die Schiffshupen aufjaulen. Immer näher kam die Schar der Monsterjäger, jeder wollte der Erste sein, sei es, um die Jungen zu retten, sei es, um derjenige zu sein, der das Monster zur Strecke gebracht hatte.

Die Ernüchterung folgte natürlich auf dem Fuße. Als klar war, dass alle einem großen Schwindel aufgesessen waren, machte jeder seinen Gefühlen auf seine Art Luft. Die einen fanden die Sache urkomisch und lachten lauthals los, die anderen waren enttäuscht und wütend, weil sie Zeit und Geld geopfert hatten, die Dritten gafften einfach nur verdattert auf die Attrappe. Ein paar wenige bezweifelten auch vehement, dass die Jungen das Monster vom Foto entdeckt hatten. Sie hielten starrköpfig daran fest, dass es im Black Lake ein echtes Monster gebe.

Die ansässigen Fischer hingegen waren erleichtert, dass der

Spuk endlich vorbei war, und bedankten sich bei den Jungen mit erhobenen Daumen, gelupften Mützen und breit grinsenden Gesichtern.

»Hey, Jungs! Fangt! Ich zieh euch samt der Gummiente zum Pier!« Grady warf ihnen ein Seil zu und Peter fing es geschickt auf. Nachdem er es sicher an ihrem Kahn verknotet hatte, setzte sich Grady mit seinem Kutter langsam in Bewegung. Die anderen Boote machten sich ebenfalls auf den Weg. Justus beobachtete grübelnd den Abzug der Flotte. »Warum macht jemand so etwas?«

»Gelangweilte Jugendliche vielleicht?« Peter zuckte die Schultern.

Der Erste Detektiv schüttelte den Kopf. »Das Ding da hinter uns kostet an Material sicher ein paar hundert Dollar. Ich glaube, ich habe sogar den Empfänger einer Fernsteuerung daran gesehen.«

»Reiche gelangweilte Jugendliche?«

»Die auch noch handwerklich begabt sind und geduldig genug, diese Konstruktion in tagelanger Arbeit zu errichten? Das passt für mich nicht zusammen.«

»Wir sollten uns fragen, wer einen Nutzen aus dieser Aktion zieht«, sagte Bob.

»Ein paar der Fischer haben daran sicher ganz gut verdient«, meinte Peter. »Bootsmiete, Lohn, Ausrüstung. Und einige Leute an Land auch. Fremdenzimmer, Hotels, Restaurants, Läden. Du siehst ja, was hier los ist. Crocky war der Hauptgewinn für Crystal Bay und Umgebung.«

»Du sagst es! War! Diese Monstergeschichte hätte sich durchaus zu einer beachtlichen Einnahmequelle für Crystal Bay und seine Bewohner entwickeln können, da gebe ich dir vollkommen recht. Aber bereits nach zwei Tagen fliegt der Schwindel auf. Und zwar ziemlich simpel. Das macht doch keinen Sinn!«

Peter kniff die Lippen zusammen. »Stimmt. Wer schlachtet schon die Kuh, solange sie Milch gibt?«

»Vielleicht war unsere Entdeckung aber nicht beabsichtigt?«, gab Bob zu bedenken. »Ein Missgeschick?«

»Hm«, grunzte Justus. »Vielleicht.«

Als Grady am Pier anlegte, wartete bereits Mac auf die drei Jungen. »Mann! Das ist ja 'n Ding! Ich hab's von Ned über Funk erfahren, dass ihr das Monster entdeckt habt!« Mac zeigte auf die Attrappe, die gerade mit vereinten Kräften an Land gebracht wurde. »Super! Ich kann euch gar nicht sagen, wie froh ich bin, dass die Sache endlich vorbei ist!«

»Gern geschehen«, entgegnete Justus. »Aber unser Beitrag ist eher bescheiden. Wir sind wirklich nur zufällig auf die Konstruktion gestoßen.«

»Egal! Ihr wart zur richtigen Zeit am richtigen Ort! Kommt mit! Ich habe einen Tisch im *Captain Hook* reserviert. Leah und Ben sind auch da. Das müssen wir feiern!«

Als die drei Detektive einige Stunden später die Hafenkneipe verließen, war es längst dunkel. Still und friedlich lag der Black Lake unter einem silbernen Halbmond, der ab und zu von seidigen Wolkenschiffen verdeckt wurde. Die Luft war lau, in der Ferne ertönte das Schuhu einer Eule.

»War echt nett, oder?« Bob steckte die Hände in die Taschen und spazierte beschwingt am Kai entlang.

Peter lachte. »Klar fandest du das nett. Diese Bedienung hatte ja auch nur Augen für dich. Wie hieß sie gleich noch mal? Amanda?«
»Quatsch!« Bob schüttelte den Kopf und wechselte schnell das Thema. »Dieser Grady O'Hara ist wirklich 'ne Nummer. Der könnte mit seiner schrägen Art glatt im Fernsehen auftreten. Dabei dachte ich heute Nachmittag, das wäre so ein richtiger Stinkstiefel.«
»Die sind alle schwer in Ordnung«, fand Peter. »Auch Ned Land und Chris Santen. Nur dieser Fjodor hat mir ein bisschen Angst gemacht.« Der Zweite Detektiv senkte seine Stimme zu einem tiefen Grummeln. »Fjodor Kiriatov. Ein Mann wie ein Eisbrecher.«
»Da bist du ein Opfer deiner archetypischen Reaktionsmuster geworden«, erklärte Justus. »Nur weil jemand riesengroß und stark wie ein Bär ist, dazu eine tiefe Stimme und dunkle Augen hat, muss er noch kein Ungeheuer sein. Ich fand seine ruhige Art sehr angenehm.«
Peter grinste. »Im Gegensatz zu unserem anderen Monster war er jedenfalls keine Attrappe. Und ich kann mir nach wie vor gut vorstellen, dass Fjodor morgens zwei von deiner Sorte zum Frühstück nimmt.« Der Zweite Detektiv kicherte. »Und das will was heißen.«
Justus verzog nur leicht die Mundwinkel. »Ich hab's verstanden, Zweiter. Ausgesprochen lustig.« Nach diesem leckeren Festessen hatte er einfach keine Lust, sich über die paar Pfunde zu viel zu ärgern, die hartnäckig jeder seiner Diäten trotzten.
Während die drei Detektive zu Bobs Käfer schlenderten,

stellten sie fest, dass ein Großteil der Monsterjäger bereits abgereist war. In den Straßen standen viel weniger Autos als am Nachmittag, etliche Boote waren aus dem Wasser geholt worden und es waren kaum noch Leute unterwegs. Gestern Abend hatte sicher ein anderer Trubel in Crystal Bay geherrscht, trotz der vorgerückten Stunde. Als Bob den Motor anließ, schlug die Kirchturmuhr elf Mal.

Die Straße, die um den Black Lake herumführte, war nicht sonderlich gut ausgebaut. Sie hatte viele Kurven, noch mehr Schlaglöcher, und wenn sich ein Auto und ein Lkw begegneten, wurde es eng. Straßenbeleuchtung gab es außerhalb von Crystal Bay gar keine. Diesem letzten Umstand war es vermutlich zu verdanken, dass Peter überhaupt die Lichter wahrnehmen konnte, als sie die Seestraße in der Nähe des *Pebble Beach* entlangfuhren.

»Dritter, mach mal langsam!« Peter fasste seinem Freund an die Schulter.

»Wieso, was ist?« Bob nahm den Fuß vom Gas.

»Ich dachte, ich hätte da etwas gesehen. Aber nein. Muss mich getäuscht – da! Da ist es wieder!« Der Zweite Detektiv zeigte aus dem linken Seitenfenster Richtung See. »Seht ihr das?«

»Meinst du das Licht?«, fragte Justus.

»Ja, pass auf! Es kommt sicher gleich wieder.«

Zwischen den Bäumen des Uferwäldchens, das sich zwischen Straße und *Pebble Beach* erstreckte, blinkte ab und zu ein kleines, helles Licht auf. Es sah aus wie das Licht einer Taschenlampe.

»Warum macht da jemand dauernd Licht an und aus?«, wunderte sich Bob.

»Warte!« Peter rückte noch ein Stück näher an Bob ran. »Da ist noch eins! Seht ihr's?«
»Was zum Teufel …?«
Ein zweites Licht leuchtete auf. Diesmal mitten auf dem See! Der Widerschein auf dem Wasser war sogar durch das Wäldchen hindurch zu erkennen. Auch dieses Licht flammte auf, erlosch, flammte wieder auf. Dann ging erneut das Licht zwischen den Bäumen an.
»Sind das Morsezeichen?« Bob brachte seinen Käfer vollends zum Stehen.
Justus schüttelte den Kopf. »Nein. Daran dachte ich auch schon, aber die Lichter folgen keinem Morsesystem.«
»Da scheint doch einer dem anderen zu antworten, oder wie seht ihr das, Kollegen?« Bob blickte seine Freunde an.
Justus wiegte den Kopf. »So könnte man das deuten.«
»Ob da etwas passiert ist?«
»Dazu sind die Signale zu ruhig. Nicht hektisch genug.«
»Was machen die dann da? Einer auf dem See, der andere an Land?«
Justus schwieg.
Peter öffnete die Beifahrertür und lauschte in die Nacht. »Ich höre nichts Verdächtiges. Ihr?«
»Nein.« Der Erste Detektiv bedeutete Peter, dass er aussteigen sollte. »Kommt mit, Kollegen, das sehen wir uns an.«
Peter zögerte. »Wieso? Was versprichst du dir davon?«
»Keine Ahnung. Aber irgendwie habe ich das Gefühl, dass … ach, ich weiß nicht. Kommt einfach mit!«

Flüsternde Schatten

Bob lenkte seinen Käfer noch auf den geschotterten Seitenstreifen, dann stiegen sie aus.
»Wir sollten unbedingt darauf achten, unbemerkt zu bleiben«, sagte Justus. »Wir wissen nicht, mit wem wir es zu tun haben.«
»Glaubst du wirklich, dass da irgendetwas im Gange ist, das nicht mit rechten Dingen zugeht?«, fragte Peter.
»Wie gesagt: Ist nur so ein Gefühl. Zwei Lichter in der Nacht, eins davon auf dem See, der Umstand, dass es hier tatsächlich mucksmäuschenstill ist, und das alles direkt im Anschluss an die Sache mit dem Monster – diese Koinzidenz der Ereignisse rechtfertigt es meines Erachtens durchaus, dass wir einmal nachsehen.«
»Könnte was dran sein«, sagte Bob.
»Genau. Vor allem wegen der Inkontinenz«, witzelte Peter. »Das hat mich überzeugt.«
Justus verdrehte die Augen. Dann drangen die Jungen vorsichtig in das Uferwäldchen ein.
Es war tatsächlich absolut ruhig. Kein Lüftchen regte sich, keine Dünung schwappte über die Kieselsteine, nur hin und wieder regte sich ein Tier im Unterholz. Auch die beiden Menschen mit den Lichtern wechselten offenbar kein Wort miteinander.
Die drei ??? kamen nur langsam voran. In dem Wäldchen war es trotz des hellen Halbmonds so dunkel, dass sie kaum sahen, wohin sie traten. Und jeder von ihnen wollte unbe-

dingt vermeiden, dass ein Ast unter seinen Füßen brach. Das hätte sich hier draußen angehört wie ein Pistolenschuss. Außerdem hingen die Äste so niedrig, dass sie nur gebückt laufen konnten.

Vorsichtig tasteten sie sich in Richtung See, der wie ein riesiger, schwarzer Spiegel durch die Stämme schimmerte. Es roch nach Harz und trockener Erde. Einmal rumorte es in Justus' Magen, aber nur Peter und Bob hörten das tiefe Gurgeln.

»Prost!«, wisperte Peter und grinste in die Nacht.

Plötzlich fiel dem dritten Detektiv auf, dass nur noch eins der beiden Lichter aufleuchtete. Das andere antwortete nicht mehr. »Psst!«, machte er leise und deutete nach vorne zum See.

Justus und Peter registrierten sofort, was ihr Freund bemerkt hatte. Und dann hörten alle drei ein Geräusch. Es war ein sanftes, gleichmäßiges Glucksen, das langsam an Intensität zunahm.

»Da kommt ein Boot!«, raunte Peter.

Justus und Bob nickten. Ganz eindeutig näherte sich ein Ruderboot dem Ufer. Durch die Stämme konnten sie jetzt auch eine dunkle Gestalt ausmachen, in etwa an der Stelle, an der sie sich einige Tage zuvor nach der Arbeit an Macs Haus die Zeit vertrieben hatten. Immer wenn das Licht anging, schälten sich für einen Moment die Umrisse eines Menschen aus der Dunkelheit, der ein paar Schritte vom Wasser entfernt am Strand stand.

Noch aufmerksamer als bisher schlichen die drei ??? weiter. Schließlich sahen sie auch das Boot, das als schwarzer Schat-

ten über den See glitt. Ein einzelner Mensch saß darin. Er hielt genau auf das Licht am Ufer zu, das ihm in einigen Abständen immer wieder die Richtung vorgab.
Die Jungen erreichten den Rand des Kiesstreifens in dem Moment, als ein leises Knirschen zu vernehmen war. Offenbar hatte das Boot das Ufer erreicht.
Da entfuhr Bob ein kaum wahrnehmbares Zischen. Der dritte Detektiv hob die Hand und fasste sich an die Stirn. Dabei deutete er mit der anderen Hand nach rechts.
Justus und Peter schauten in die angegebene Richtung. Der Kreosotbusch! Der Müllbusch! Den hatten sie vergessen! Der riesige Strauch ragte so weit ins Wasser, dass sie die beiden Personen von hier aus nicht mehr im Blick hatten. Und sie hörten von hier auch nicht genug. Die Jungen konnten lediglich aus einigen leisen Platschern schließen, dass die Gestalt aus dem Boot vermutlich an Land watete. Als die beiden dann anfingen, miteinander zu sprechen, konnten sie allerdings nicht verstehen, was gesagt wurde.
Die drei Jungen sahen sich an. Auf dem Kies am Ufersaum kamen sie nicht weiter, und sich durch den Wald näher an die beiden heranzuschleichen, würde zu lange dauern.
Peter zögerte einen winzigen Augenblick. Doch dann zog er Schuhe und Hemd aus, balancierte über ein paar Kiesel und ließ sich lautlos ins Wasser gleiten. Sie hatten keine Wahl. Wenn sie herausfinden wollten, wer das da vorne war und worüber die beiden sprachen, mussten sie handeln. Und er war nun mal das Sportass der drei Detektive.
Justus und Bob blickten ihrem Freund besorgt hinterher. Aber sie hielten ihn nicht auf. Es war ihre einzige Chance.

Das Wasser war kalt. Viel kälter, als Peter es in Erinnerung hatte. Aber als er das letzte Mal im See gewesen war, hatte auch die Sonne geschienen. Für einen kurzen Moment raubte ihm die Kälte die Luft zum Atmen. Der Zweite Detektiv wünschte, er hätte das Hemd angelassen. Andererseits konnte er so besser schwimmen.

Wobei er gar nicht schwamm. Er ging gebückt durch das Wasser, und als es tief genug war, tauchte Peter unter und schob sich dicht über dem Seegrund in Richtung der beiden Unbekannten. Er hangelte sich an Steinen und vereinzelten Wurzeln entlang, immer darauf bedacht, ganz unter Wasser zu bleiben. Um ihn herum herrschte Totenstille, die Stille einer fremden, nachtschwarzen, kalten Welt.

Nach geschätzten zehn Metern hielt Peter inne. Unter Wasser ging er in die Hocke und richtete sich dann Zentimeter für Zentimeter auf.

Der Zweite Detektiv spürte, wie seine Haare die Wasseroberfläche durchdrangen. Noch ein wenig langsamer schob er seinen ganzen Kopf aus dem Wasser. Dann erblickte er die beiden Gestalten.

»… ist nichts. Wenn ich es dir doch sage!«, war das Erste, was Peter hörte.

Es waren zwei Männer, die da miteinander flüsterten. Aber weil sich gerade Wolken vor den Mond geschoben hatten, konnte Peter ihre Gesichter nicht erkennen. Und aufgrund des Flüstertons war es ihm auch nicht möglich, gegebenenfalls bekannte Stimmen zu identifizieren. Einer der beiden hatte einen Neoprenanzug an, der auch im spärlichen Licht samtig schimmerte.

»Da draußen muss aber was sein!«, zischte jetzt der andere. »Hast du auch bestimmt –« Abrupt verstummte der Mann und sah auf den See hinaus. Genau in Peters Richtung.

So langsam, wie es ihm möglich war – nicht das winzigste Geräusch durfte er dabei verursachen! –, tauchte Peter wieder unter. Er konnte nur hoffen, dass sie ihn nicht entdeckt hatten.

Stille. Schwerelose Dunkelheit. Peter spürte, wie die Hitze in ihm aufstieg, die Angst. Über ihm wurde es heller. Die Wolken gaben den Mond wieder frei. Wenn er jetzt auftauchte, konnte er die Kerle vielleicht erkennen! Aber sie ihn auch. Er musste noch warten, noch warten …

Erst als ihm die Luft auszugehen drohte, schob sich Peter wieder über Wasser. Genau in dem Moment wurde es auch wieder finster. Die nächste Wolke! Verdammt!

»… hast es doch gesehen, sagtest du! Deswegen haben wir doch –«

»Ja, aber da war nichts! Jetzt glaub mir doch! Dann habe ich mich eben geirrt.«

Der eine Mann machte eine wegwerfende Handbewegung. »Das kann doch nicht sein! Das gibt's doch nicht!«

»Fahr doch selber raus!«

»Sehr witzig!«

»Na, dann musst du mir wohl glauben.«

»Und was machen wir jetzt? Mann! Wir hätten Nessie nicht so schnell auffliegen lassen sollen. Dann könnten wir – zum Teufel, was ist da?«

Peter hatte keine Ahnung, was ihn verraten hatte. Aber der Mann im Neoprenanzug hastete jetzt am Ufer entlang in seine Richtung und watete dann schnurstracks ins Wasser. Auf ihn zu.

Der Zweite Detektiv holte noch einmal tief Luft und tauchte dann unter. Erst wollte er zurück zu Justus und Bob schwimmen, aber dann fiel ihm ein, dass das keine gute Idee war. Die beiden Männer hatten Taschenlampen, sie nicht. Eine Flucht hätte wenig Aussicht auf Erfolg. Und irgendwie hatte Peter den Eindruck, dass man sich besser nicht mit diesen Typen anlegte. Also schwamm er ein paar Meter in die entgegengesetzte Richtung und klatschte dann mit dem Fuß laut und vernehmlich aufs Wasser. Er hoffte, dass die beiden Männer darauf hereinfielen und er sie von Justus und Bob weglocken konnte. Abwarten und nachsehen wollte er aber nicht.

Der Zweite Detektiv tauchte weiter, tauchte tiefer und schwamm so lange unter Wasser, bis ihm die Lungen brannten und er unbedingt nach oben musste. Das war jetzt. In der nächsten Sekunde. Sonst würde er nie mehr auftauchen. Er konnte nur beten, dass die beiden Unbekannten nicht genau in dem Moment die Taschenlampe in seine Richtung hielten, wenn er Luft holte …

Große Fische im Netz

Eine knappe Stunde später klopfte Justus leise an die Tür von Macs Haus. Nirgendwo brannte mehr Licht, Mac und Leah waren inzwischen längst zu Bett gegangen. Erst tat sich nichts und Justus musste noch einmal klopfen, etwas lauter diesmal. Dann sahen er und Bob, wie in einem der oberen Zimmer Licht angemacht wurde. Kurz darauf hörten sie Schritte die Stufen herabkommen.

Die Tür ging auf. »Um Himmels willen, was ist passiert?« Mac starrte Peter an, der triefend und schlotternd neben seinen Freunden stand.

»Entschuldige bitte, dass wir euch um diese Zeit stören«, sagte Justus. »Aber Peter muss sich unbedingt aufwärmen. Und trockene Sachen bräuchte er auch. Die Fahrt nach Rocky Beach hätte um diese Zeit auf dieser kurvenreichen Strecke mindestens anderthalb Stunden gedauert, deswegen sind wir zu euch gekommen.«

»Hoffentlich haben wir Ben nicht geweckt«, fügte Bob hinzu.

»Nein, nein, wenn der mal schläft, kann das Haus über ihm einstürzen und er merkt es nicht. Kommt rein!« Mac trat zur Seite. »Bist du ins Wasser gefallen, Peter?«

Der Zweite Detektiv zitterte so sehr, dass er kaum einen Ton herausbrachte. Erst jetzt im hell erleuchteten Flur sahen Justus und Bob, dass seine Haut kreidebleich und seine Lippen blau angelaufen waren. Peter musste wirklich dringend raus aus den nassen Klamotten und rein ins Warme.

Im Wohnzimmer erzählten Justus und Bob in knappen Worten, was geschehen war. Leah war ebenfalls aufgestanden und kümmerte sich um Peter, dem sie trockene Kleidung und ein paar Decken gebracht und einen heißen Kräutertee zubereitet hatte.
»Und er hat sich fast eine halbe Stunde im Wasser versteckt?« Mac machte große Augen.
»Erst dann haben die Typen die Suche aufgegeben und er konnte zu uns zurück«, erwiderte Justus. »Er wollte uns schützen.«
Mac schürzte anerkennend die Lippen. »Ihr drei haltet zusammen wie Pech und Schwefel, oder?«
Justus und Bob nickten und sahen dankbar zu Peter, der in Decken gehüllt in einem Sessel saß und seinen Tee schlürfte. Ein wenig Farbe war in sein Gesicht schon zurückgekehrt.
»Aber die Kerle habt ihr nicht erkannt?«, fragte Mac.
»Nein. Es waren zwei Männer, einer in Neopren, das ist alles, was wir wissen«, antwortete Bob.
»Und ihr habt auch keine Ahnung, was die da wollten?«
»Die haben nach irgendwas gesucht«, meldete sich Peter zu Wort. Seine Stimme klang dünn und heiser. »Ich habe nur Bruchstücke verstanden, aber der eine, der im Neoprenanzug, meinte immer, dass da nichts ist, und der andere wollte das nicht glauben.«
»Die suchten was?«, wunderte sich Mac.
»Hast du den genauen Wortlaut ihrer Unterhaltung noch in Erinnerung?«, fragte Justus.
»Wie gesagt, es waren nur Bruchstücke.« Peter dachte nach und gab dann wieder, was ihm noch einfiel.

»›Du hast es doch gesehen‹ …«, wiederholte Justus langsam. »Was hat er gesehen? Und wo? Auf dem See? Im See?«

»Ach ja, und das Letzte, was ich gehört habe, war, dass der Typ am Ufer meinte, sie hätten Nessie nicht so schnell auffliegen lassen sollen.«

»Das hat er gesagt?«

»Ja. Ganz sicher.«

Der Erste Detektiv blähte die Backen. »Dann stecken die beiden hinter dem Monstertheater.«

Bob nickte. »Nessie. Der Spitzname für das Ungeheuer von Loch Ness.«

»Aber was sollte der ganze Zauber?«, fragte Mac. »Was wollten sie mit dem Ding? Und was hat das mit dem zu tun, wonach sie suchten?«

»Ich weiß es nicht«, erwiderte Justus langsam. »Noch nicht.«

»Aber irgendetwas muss da im See sein.« Peter blickte gedankenvoll in seine Teetasse. »Nach irgendetwas haben die beiden gesucht, und dazu brauchten sie diese Monsterattrappe.«

Für einige Augenblicke herrschte nachdenkliches Schweigen am Tisch. Draußen klapperte leise ein Fensterladen im Wind, irgendwo knackte Holz.

»Lasst uns jetzt erst mal ins Bett gehen«, schlug Leah schließlich vor. »Morgen ist auch noch ein Tag, und ihr braucht nach der ganzen Aufregung dringend eine Mütze Schlaf. Wissen denn überhaupt eure Eltern, dass ihr hierbleibt?«

Bob nickte. »Wir haben ihnen gesagt, dass es spät werden kann und dass wir vielleicht am See zelten.«

»Okay, dann kommt mit rauf, wir haben zwei Gästebetten und eine Luftmatratze.«

Am nächsten Morgen war Ben höchst erfreut über den unerwarteten Besuch. Der kleine Junge, der seine gelbe Baseballkappe selbst beim Frühstuck trug, plapperte ohne Unterlass und forderte die ganze Aufmerksamkeit der drei Detektive. Während er seine Cornflakes löffelte, wollte er alles wissen über Diebe, Räuber und Halsabschneider und wie man ihnen am besten beikam. Ihrem gestrigen Erlebnis konnten die drei ??? somit am Frühstückstisch nicht weiter auf den Grund gehen.

Das holten sie jedoch gleich anschließend in Crystal Bay nach. Vielleicht wusste einer der anderen Einheimischen, wonach man im Black Lake *suchen* konnte. Allerdings mussten sie bei ihren Erkundigungen sehr überlegt vorgehen. Es war ja durchaus möglich, dass die beiden Männer vom See Einheimische gewesen waren.

Mac begleitete sie in die Stadt und stattete gemeinsam mit ihnen zunächst Skip Rolins, dem Sheriff, einen Besuch ab, einem gemütlichen Cowboyhutträger, über dessen Hosenbund sich ein mächtiger Bauch wölbte. Die Jungen erzählten Rolins jedoch nicht die ganze Geschichte, weil sie nicht unnötig Staub aufwirbeln wollten. Sie fragten nur, wonach man im Black Lake noch suchen könne außer nach einem Monster.

Sheriff Rolins drehte die Karte in seinen Fingern, die ihm Justus gegeben hatte. »Detektive seid ihr also, soso.« Er lachte. »Kein Wunder, dass ausgerechnet ihr gestern den Fall unseres Seeungeheuers aufgeklärt habt. Aber mehr gibt es bei uns nicht zu ermitteln. Und im See gibt es auch nichts zu suchen.«

Der Erste Detektiv wirkte etwas irritiert. »Ich … ja, also dann … Sind Sie sicher?«
»Ganz sicher. Macht euch da keine unnötige Mühe. War aber nett, euch kennenzulernen!«
Draußen vor dem Büro des Sheriffs wunderte sich auch Bob. »Der hat uns aber schnell wieder hinauskomplimentiert. Hat gar nicht weiter nachgefragt, für wen wir arbeiten oder warum wir recherchieren.«
Peter nickte. »Und normalerweise kommt auch immer ein Spruch von wegen zu jung und grün hinter den Ohren und so.«
»Die Antwort auf unsere Frage kam dafür sehr schnell.« Justus furchte die Stirn. Das Gespräch war recht merkwürdig verlaufen.
»Wie wäre es mit dem Laden da? Wollen wir da mal nachfragen?« Peter zeigte auf das Geschäft von Simon Pettengill. »Angelzubehör und Lebensmittel. In so einem Laden, beim Friseur und in der Kneipe kommt doch irgendwann jedes Geheimnis zur Sprache.«
Mac machte ein skeptisches Gesicht. »Simon ist noch nicht lange in der Stadt, ein, zwei Jahre vielleicht. Und eher ein verschlossener Typ. Lasst uns lieber zu Geoff gehen, der kennt hier alles und jeden.« Er zeigte auf den bulligen Wirt des *Captain Hook*, der vor seiner Kneipe in Schürze und Clogs die Tische abwischte.
Geoff Farragut erwies sich als ein sehr leutseliger und gesprächiger Zeitgenosse. Er begrüßte Mac mit festem Handschlag, und als sich die drei Jungen nacheinander vorstellten, hatte er für jeden von ihnen einen netten Spruch auf Lager.

Zunächst drehte sich das Gespräch um die gestrige Feier im *Captain Hook*, die vergangenen Tage und die Aufregungen, die das Monster verursacht hatte.
»Wegen mir hätte der Monstertanz gerne noch ein bisschen weitergehen dürfen.« Geoff lachte laut und herzlich. »Meine Kasse hat selten so oft geklingelt!«
»Meine dafür umso weniger«, knurrte Mac.
Anschließend lenkte Justus das Gespräch von einem Monster, das es im See nicht gab, zu Dingen, die man im Black Lake vielleicht durchaus finden konnte. »Fällt Ihnen da irgendetwas Ungewöhnliches ein, das den einen oder anderen interessieren könnte?«
»Setzt euch.« Geoff Farragut deutete auf ein paar Plastikstühle und ließ sich selbst auch auf einen nieder. »Ob man dadrin was finden kann, weiß ich nicht. Einigen Müll vielleicht, weil manche Idioten den See mit einem Abfalleimer verwechseln. Aber ihr denkt wahrscheinlich an Öl oder Gas oder so was, nicht wahr?«
Die drei machten unbestimmte Gesten.
»Also, ich habe keine Idee, was es dadrin zu holen gibt. Du, Mac? Sitzen wir auf einer Ölquelle?« Geoff lachte.
»Nein. Außer Fischen ist da nichts. Hier gibt es gar nichts außer Wasser, frischer Luft und jeder Menge Eintönigkeit. Ein Tag ist wie der andere. Aber deswegen kommen die Leute ja her.«
»Stimmt, die Monstergeschichte war bestimmt das absolute Highlight der letzten hundert Jahre in Crystal Bay.«
»Du sagst es.« Mac lächelte dünn. »Das und die Sache mit den drei Galgenvögeln.«

»Die Sache mit den drei Galgenvögeln?«, echote Geoff. Er wischte sich die Hände an einem Geschirrtuch trocken und verschränkte seine über und über tätowierten Arme vor seiner mächtigen Brust. »Was war das für eine Geschichte?«
»Drei Kerle, die der Polizei auf dem See ins Netz gegangen sind. Muss so fünfzehn Jahre her sein. Das war, kurz bevor du hier bei uns gestrandet bist.«
»Stimmt!« Geoff zeigte mit dem Finger auf Mac. »Jetzt erinnere ich mich. Davon habe ich gehört. Die Typen, die das alte Motorboot von Chris geklaut haben und damit über den See abhauen wollten.«
»Genau. Und die Bullen haben sich den Kutter vom alten Doobie, Gott hab ihn selig, gekrallt und sind hinterher.«
»Jaja, jetzt fällt's mir wieder ein! Alle waren erstaunt, weil die Gauner das viel schnellere Boot hatten. Aber irgendwie kamen sie damit nicht zurecht und die Polizei musste sie nur noch einsacken. Drei große Fische auf einmal im Netz.«
Die drei ??? hatten dem Gespräch aufmerksam gelauscht. Allerdings sahen sie nicht, was das alles mit Peters jüngstem Erlebnis zu tun haben könnte. Oder gar mit der Monstergeschichte.
»Worum ging es damals?«, fragte Justus.
Mac zuckte die Achseln. »Ich weiß es nicht. Es stand damals kaum was in der Zeitung.«
»Wirklich? Endlich passiert mal was in dem Kaff und dann erfährt keiner was drüber.« Geoff lachte polternd.
»Vielleicht weiß der Sheriff etwas«, überlegte Peter.
Justus zögerte. »Ich habe eine bessere Idee.«
Die bessere Idee hatte einen Namen. Inspektor Cotta. Mit

dem Polizisten vom Police Department in Rocky Beach hatten die drei Jungen schon in vielen zurückliegenden Fällen zusammengearbeitet. Er hatte ihnen immer wieder geholfen und oft genug auch sie ihm.
Nachdem sich die drei ??? von Mac und Geoff verabschiedet hatten, verließen sie Crystal Bay, fuhren zurück zum Schrottplatz und begaben sich in die Zentrale. Dort griff Justus jedoch nicht sofort zum Telefon, sondern fuhr zunächst den Computer hoch.
»Und Rolins wolltest du nach der Sache mit den drei Ganoven nicht fragen, weil …?« Peter nahm sich einen Orangensaft aus dem Kühlschrank und lehnte sich gegen eines der Regale.
»Weil ich nicht den Eindruck hatte, dass er sonderlich erpicht darauf war, mit uns zu reden.«
»Verstehe.«
Bald hatte Justus gefunden, wonach er im Netz suchen wollte. »Hier. Da habe ich was.« Er deutete auf den Bildschirm. Ein kurzer, vierzehn Jahre alter Artikel aus dem *Castaic Observer* war zu sehen. Aufmerksam lasen ihn die drei Jungen.
»Steht tatsächlich kaum was drin«, sagte Bob. »Drei Gauner, die in der Nähe des Black Lake nach einem Überfall auf einen Juwelier von der Polizei nach einer wilden Verfolgungsjagd gefasst wurden. Keine Verletzten, ein bisschen Lob für die örtliche Polizei, keine Namen.«
»Sagten Mac und Geoff nicht, dass die Kerle *auf* dem See geschnappt wurden?« Peter kratzte sich an der Schläfe.
»Doch.« Justus ließ sich in seinem Stuhl nach hinten sinken und sah an die gegenüberliegende Wand.

»Woran denkst du?«, fragte Bob.
»Denken wäre zu viel gesagt. Es ist eher so ein Grummeln im Kopf. Drei Ganoven werden auf dem Black Lake gefasst. Dann passiert 14 Jahre lang nichts, bis zwei Kerle eine Monsterattrappe auf den See schieben, weil sie nach irgendetwas suchen.«
»Und wieso grummelt da was bei dir im Kopf?«, fragte Peter.
Justus griff zum Telefon. »Wenn ich das wüsste. Vielleicht kann uns Inspektor Cotta ein wenig mehr dazu sagen.«
Bereits nach dem zweiten Klingelton hob Cotta ab. »Cotta, Police Department Rocky Beach?«
»Hallo, Inspektor, Justus Jonas am Apparat.« Der Erste Detektiv schaltete auf Lautsprecher, damit Peter und Bob mithören konnten.
»Ah, Justus! Lass mich raten! Du rufst nicht an, um dich nach meinem Wohlbefinden zu erkundigen?«
»Äh, doch, auch. Wie geht es Ihnen?«
»Lass gut sein. Wo brennt's?«
Der Erste Detektiv berichtete in kurzen Worten, was geschehen war und woran sie arbeiteten. Peters unliebsame Begegnung verschwieg er allerdings. Cotta könnte die Angelegenheit für zu gefährlich halten und würde ihnen dann sicher nicht weiterhelfen.
»Ein Pappmonster und ein paar Lichter auf dem See also!« Cotta lachte. »Und jetzt wittert ihr irgendeine uralte Juwelendieb-Verschwörung hinter dem Schwindel.«
»Wir wissen noch nicht genau, was wir da wittern.«
»Okay. Weil ich heute meinen wohltätigen Tag habe, werde ich mal kurz nachschauen, was die Akten so sagen. Aber vor-

weg schon mal: Einer der Gauner damals hieß Garret Pantano.«

»Daran erinnern Sie sich noch?«

»Ja, weil der Kerl vor Kurzem in Sellamoore kalifornischer Boxchampion im Mittelgewicht wurde.«

»Bitte? Wie geht das denn?« Justus sah den Hörer verständnislos an.

»Die Boxkämpfe sind eine seit einiger Zeit laufende Maßnahme im Strafvollzug, um die illegalen Kämpfe im Knast zu unterbinden. Damit die Jungs ihren Dampf kontrolliert ablassen können. Häftlinge kämpfen gegen Häftlinge. Mit Ring, Schiedsrichter, Gewichtsklassen und allem Drum und Dran. Robert, einer meiner Kollegen, ist ein ausgemachter Boxfan. Er hat mir von Pantanos glorreichem Sieg erzählt und erwähnte dabei auch die Geschichte vom Black Lake.«

»Sitzt Pantano denn in Sellamoore?«

»Ja, sein Gegner wurde eigens für den Fight dorthingebracht.«

»Sachen gibt's.« Bob schüttelte den Kopf.

»Ich mach mich mal schlau und ruf euch wieder an. Bis nachher.«

»Danke, bis nachher.« Justus legte auf.

»Sellamoore?«, sagte Peter. »Das Gefängnis in Pasadena? In dem Denzel saß?«

»Das muss es sein.« Auch Bob erinnerte sich gut an Denzel Hopkins und ihren Fall mit den mysteriösen verschollenen Mendelstein-Gemälden.

»Garret Pantano kann es also schon mal nicht gewesen sein, den wir am *Pebble Beach* gesehen haben«, murmelte Justus.

»Du denkst, die Gauner sind nach all der Zeit gerade jetzt an den See zurückgekehrt?«, wunderte sich Peter. »Wieso sollten sie das tun?«
»Ich versuche nur, alle Möglichkeiten in Betracht zu ziehen.« Justus legte die Stirn in tiefe Falten. Drei Ganoven am Black Lake. Vor vierzehn Jahren. Nein, nicht *am*, *auf* dem Black Lake …
Fünfzehn Minuten später rief Cotta zurück. »Also, Jungs. Die Typen haben damals einen Juwelier in Palmdale ausgenommen. Aber der stille Alarm hat ihnen einen gehörigen Strich durch die Rechnung gemacht. Sie sind geflohen, wir haben sie erwischt, Ende der Fahnenstange.«
»Wo wurden die drei gefasst?«, fragte Justus.
»Auf dem See. Haben ein Boot geklaut, mit dem sie nicht umgehen konnten. So wirklich professionell waren sie anscheinend nicht.«
»Steht in Ihren Unterlagen auch, wo genau auf dem See die Gauner gestellt wurden?«
»Warte kurz.« Das Rascheln von Papier drang durch die Lautsprecher. »Süden, steht hier. Im südlichen Teil des Sees.«
»Und wie hießen die anderen beiden?«
Cotta zögerte.
»Inspektor, wie immer gilt: Was wir wissen, wissen wir nicht von Ihnen. Und einen Namen haben Sie uns ja schon genannt.«
»Ist mir so rausgerutscht.« Cotta seufzte. »Okay, weil ich heute auch ein Herz für Jugendliche habe, die einem Löcher in den Bauch fragen. Der eine heißt Tyler Scrab, sitzt wie Pantano noch für acht Monate in Sellamoore, der andere,

Paul Wetmore, ist vor zwei Jahren an Krebs gestorben, ebenfalls in Sellamoore. Und das posaunt ihr jetzt bitte nicht gleich überall herum, klar?«
»Natürlich, Sie können sich auf uns verlassen, vielen Dank, Inspektor!« Der Erste Detektiv beendete das Gespräch und wandte sich seinen Freunden zu. »Süden, Kollegen! Die Einbrecher wurden im südlichen Teil des Black Lake geschnappt. Und *Pebble Beach* liegt am südlichen Ende des Sees.«
»Dort, wo wir gestern Nacht die beiden Knilche beobachtet haben. Interessant«, fand auch Bob.
Das Telefon klingelte erneut.
Justus hob ab. »Haben Sie noch etwas vergessen, Inspektor?«
»Justus?« Leah war am Apparat. Und klang äußerst aufgeregt.
»Leah?«
»Justus! Benny ist verschwunden! Er ist weg!«

Treibgut

Die drei Detektive machten sich sofort auf den Weg. Bob drückte aufs Tempo, sodass sie eine knappe Stunde später auf den Hof der Andersons rollten. Das Handy am Ohr stand Leah auf dem kleinen Holzsteg und blickte auf den See. Die drei liefen zu ihr.

»Und? Habt ihr ihn gefunden?«, fragte Peter.

Leah schüttelte den Kopf. Ihr Gesicht war blass, die Augen rot umrändert und verweint. »Nein, bis jetzt nicht.«

»Wann habt ihr ihn zum letzten Mal gesehen?« Justus schaute auch auf den See hinaus. War der Junge etwa da draußen?

»Ben ist mit seiner Jolle auf den See gefahren, kurz nachdem ihr und Mac nach Crystal Bay aufgebrochen seid. Seitdem ist er … verschwunden. Oh Gott! Benny!« Leahs Stimme zitterte. Sie beendete das Telefonat und wählte erneut. In ihrer anderen Hand knetete sie ein Taschentuch.

»Er ist auf den See gefahren? Allein?«, entfuhr es Bob.

»Ja, das macht er schon, seit er sechs war. Mac hat ihm das Segeln beigebracht. Er kann das, Benny kann das.«

»Aber jetzt ist er schon zu lange weg, oder?«, riet Justus.

Leah nickte. »Er darf nur zwei Stunden raus, das weiß er. Und er war bisher immer zuverlässig. Kam nie auch nur eine Minute zu spät. Außerdem muss er sein Handy mitnehmen.« Sie legte wieder auf und starrte auf das Mobiltelefon. »Aber er geht nicht ran, er geht einfach nicht ran.«

»Hast du ihn auf dem See noch einmal gesehen? Wohin ist er gesegelt?«

»Ja. Ich hab mit dem Fernglas nach ihm geschaut«, antwortete Leah. »Er war ein gutes Stück draußen und hatte das Segel eingeholt. Wahrscheinlich hat er wieder gedaddelt.« Leah blinzelte die Tränen weg.
»Gedaddelt?«, hakte Bob nach.
»Auf seinem Handy.«
»Wo ist Mac? Ist er draußen?«, fragte Peter und deutete auf den See.
»Ja. Er, Ned, Grady, Chris. Alle sind draußen.« Leah drückte auf die Wiederwahltaste.
»Wie können wir helfen?«, erkundigte sich Bob.
»Ich … weiß nicht. Ich dachte, wenn ihr so etwas schon öfter gemacht habt, wisst ihr vielleicht, wo man suchen kann. Oder wie man sucht. Ich weiß nicht. Ich weiß einfach nicht.« Leah schluchzte.
Die drei Detektive standen beklommen daneben. Natürlich hatten sie auch schon nach Vermissten gesucht. Aber eine bestimmte Vorgehensweise gab es dafür nicht, das hing von den jeweiligen Gegebenheiten ab.
Dann entdeckte Justus ein orangefarbenes Schlauchboot mit Außenbordmotor, das am Ende des Stegs im Wasser lag.
»Können wir uns das Boot da nehmen?«
»Ja, natürlich.«
Der Erste Detektiv tat einen Schritt auf das Boot zu. »Willst du mit?«
»Nein, ich bleibe hier.« Leah schluckte. »Falls Benny nach Hause kommt.«
»In Ordnung. Wir melden uns.«
Die Jungen wollten schon loslaufen, als der dritte Detektiv

noch einmal stehen blieb. »Wird schon alles gut werden, Leah. Mach dir keine Sorgen«, sagte er unbeholfen. »Benny geht es sicher gut.«
Leah lächelte traurig.
Peter warf seinem Freund einen Blick zu, den nur Bob sah. Bist du dir da sicher?, stand darin zu lesen.
Als alle drei im Boot saßen, warf Justus den Außenbordmotor an und übernahm das Ruder. Peter löste die Leine, dann ging es hinaus auf den See.
Auch jetzt waren wieder etliche Boote und Kutter auf dem Black Lake unterwegs. Zwar bei Weitem nicht so viele wie gestern Nachmittag, als alle Welt noch nach einem Monster im See gesucht hatte. Doch es hatte ganz den Anschein, als würde sich jeder, der in und um Crystal Bay herum ein geeignetes Wasserfahrzeug besaß, an der Suche nach Benny beteiligen.
»Wo sollen wir anfangen?«, überlegte Bob.
Justus orientierte sich und drückte das Ruder ein wenig nach rechts. »Da drüben.«
Peter sah nach vorne. *»Foggy Nose?«*
Der Erste Detektiv nickte.
»Wieso denkst du, dass er da drüben ist?«
»Ich denke nicht, dass er da drüben ist, ich folge einer Intuition.«
Bob ließ seinen Blick über den See gleiten. »Glaubt ihr, dass mit Benny irgendwas … ihr wisst schon. So gefühlsmäßig?«
»Ich finde, dass auf diesem See einige Dinge zu viel passieren. Zu viele auf einmal«, erwiderte Peter. »Irgendetwas geht hier vor sich, wenn ihr mich fragt.«

»Empfinde ich ähnlich«, sagte Justus.
Bei *Foggy Nose* war Benny nicht. Die Freunde tuckerten sogar in den Schilfgürtel hinein, soweit ihnen das möglich war, und riefen nach dem Jungen. Aber weder er noch seine Jolle waren zu sehen.
Also fuhren die drei ??? ein Stück am Ufer entlang, passierten eine hohe Felswand, die sich weit in den See vorschob, dann eine weitere kleine Halbinsel mit Kiesstrand. Doch weit und breit kein Lebenszeichen von Ben.
Brachte das überhaupt etwas, hier so planlos über den See zu schippern? Peter war dafür, näher am Haus der Andersons zu suchen, weil Benny ja nur zwei Stunden draußen bleiben durfte, und Bob schlug *Pebble Beach* vor. Wegen der beiden Gestalten gestern Nacht. Doch gerade als Justus den Vorschlag des dritten Detektivs gutheißen wollte, bemerkte er, dass ein Schiff nach dem anderen seinen Kurs änderte und auf einen bestimmten Punkt zuzuhalten schien.
»Wo wollen die denn alle hin?« Justus nickte zu den Booten.
»Ich glaube«, Bob schätzte die Fahrtrichtungen ab, »dahin. Zu dem Kutter dort!«
»Das ist der Kahn von diesem Fjodor!«, stieß Peter hervor. Auch aus der Entfernung hatte er den bärenhaften Mann an Deck sofort erkannt. »Was macht der Kerl da?«
Fjodor Kiriatov lief auf der von den Jungen abgewandten Seite seines Kutters geschäftig hin und her und hantierte mit einem Seil. Und tatsächlich fuhren die anderen Boote schnurstracks auf ihn zu.
»Sehen wir uns das an!« Justus drehte am Gasgriff und brachte ihr Schlauchboot auf Kurs.

»Denkt ihr, was ich denke?« Peter reckte den Hals, aber noch war nichts zu erkennen.
»Dass dieser Fjodor Ben gefunden hat?« Auch Bob richtete sich auf, so gut es ging. »Ja, das denke ich auch. Und dann hat er die anderen über Funk benachrichtigt.«
Doch die Ernüchterung folgte kurze Zeit später. Fjodor hatte nicht etwa Ben gefunden. Als die drei Detektive nahe genug waren und freien Blick hatten, sahen sie, was der Fischer wirklich entdeckt und weswegen er die anderen kontaktiert hatte.
»Ist das … ein Segelboot?« Peter blinzelte.
Justus nickte. »Das, was davon übrig ist, würde ich sagen.«
Im Wasser zwischen den anderen Booten und Fjodors Kutter trieben diverse Wrackteile. Ein Mast, ein zerfetztes Segel, Holzplanken.
Dann hallte ein Schrei über den See. Der verzweifelte, herzzerreißende Schrei eines Mannes. Es war Mac. Er stand auf seiner *Amy*, starrte in den Himmel und schrie. In seinen Händen hielt er eine gelbe Baseballkappe.
»Oh nein!«, stieß Justus hervor. Auch Peter und Bob fuhr das Entsetzen in die Glieder.
Der Erste Detektiv steuerte das Schlauchboot neben die *Amy*. Andere Fischer gingen an Bord und hielten Mac fest. Grady, Ned, Chris. Mac Anderson war kaum davon abzuhalten, ins Wasser zu springen. Immer wieder versuchte er, sich seinen Freunden zu entwinden, beugte sich nach vorne, starrte aufs Wasser. Sein Gesicht war verzerrt vor Schmerz, über seine bärtigen Wangen liefen Tränen.
»Ben! Benny!«, schrie er heiser.

Die übrigen Männer blickten betroffen vor sich hin. Auch die drei Detektive wussten nicht, was sie tun sollten. Konnte das wahr sein? War das geschehen, worauf alles hindeutete? Die Wrackteile, die Kappe? Ein klein wenig Hoffnung zumindest blieb, denn Benny selbst war weit und breit nicht zu sehen. Oder war das noch schlimmer?

Dann klingelte ein Handy. Doch niemand machte Anstalten, sein Telefon hervorzuholen. Erst nach einer Weile zog Ned den Apparat von Mac aus dessen Tasche.

»Mac. Es ist für dich. Leah«, sagte er leise.

Mac sah seinen Freund aus tränennassen Augen an. Er wirkte völlig verwirrt, schien gar nicht zu wissen, was um ihn herum vorging. Dann griff er nach dem Handy. »Leah?«, sagte er leise.

Mac hörte zu. Und plötzlich, innerhalb einer Sekunde, ging eine abrupte Veränderung mit dem Mann vor. Er riss Augen und Mund auf, stammelte immer wieder »Was? WAS?« und brach dann in ein unbändiges, wildes Freudengeschrei aus.

Der Dämon des Sees

Leah hatte sich zunächst zu Tode erschrocken. Als sie am Steg Ausschau nach ihrem Sohn gehalten hatte, hatte ihr auf einmal jemand auf den Rücken getippt. Sie war herumgewirbelt – und da hatte Ben vor ihr gestanden! Völlig verängstigt, schmutzig, die Kleidung zerrissen, aber am Leben! Ben lebte!

Mac und die drei ??? waren nach dieser frohen Botschaft sofort zurückgefahren. Als die Jungen kurze Zeit nach Mac am Steg festmachten, standen Vater, Mutter und Sohn auf dem Anleger und hielten sich in den Armen.

Ben war abgesehen von ein paar Kratzern körperlich unversehrt. Aber er machte einen äußerst verstörten Eindruck und zitterte leicht. Und er redete nicht.

Mac kniete sich neben seinen Sohn auf den Boden. »Was ist geschehen, Ben? Warum bist du nicht an dein Handy gegangen?«, fragte er mit sanfter Stimme. »Es ist alles gut, wir sind dir nicht böse. Aber was ist passiert?«

Ben blinzelte, schluckte, wich dem Blick seines Vaters aus.

»Bist du gegen einen Felsen gefahren?«

Ben drehte den Kopf und blickte auf den See hinaus.

»Oder auf Grund gelaufen? Vorne, am *Needle Ground*?« Mac machte eine unbestimmte Bewegung Richtung Wasser.

Ben schluckte abermals. Dann schaute er sich verstohlen um, als ob er Angst hätte, dass ihn jemand beobachtete. »Ich darf doch nichts sagen, Dad!«, flüsterte er.

Mac und Leah sahen sich irritiert an. Auch die drei ??? war-

fen sich fragende Blicke zu. Er durfte nichts sagen? Wieso? Wer hatte ihm das befohlen?
»Was darfst du nicht sagen? Wer will, dass du nichts sagst?«, drängte Mac.
Ben zog den Hals ein, blickte sich wieder um. »Der Dämon des Sees«, wisperte er fast unhörbar. »Er hat es mir verboten!«
»Der … der Dämon des Sees?«, echote Mac. »Wer … wo … wo hast du den gesehen?«
Ben sah zu Boden und schüttelte den Kopf. »Das darf ich doch nicht sagen«, flüsterte er.
»Wie hat er ausgesehen?«
Ben hob den Blick und sah seinen Vater aus großen Augen an. »Ich … ich weiß nicht.«
»Benny, du musst doch wissen, wie dieser … Dämon ausgesehen hat!«
»Aber … der hatte … doch kein Gesicht!«
»Kein Gesicht?« Mac runzelte die Stirn. »Wie … kein Gesicht?«
Die drei Jungen blickten sich ratlos an. Kein Gesicht?
»Weiß nicht.« Ben zuckte die kleinen Schultern.
Mehr brachten Mac und Leah nicht mehr aus ihrem Sohn heraus. Der kleine Junge schwieg beharrlich. Es hatte ganz den Anschein, als hätte ihm irgendjemand unmissverständlich eingebläut, dass er nicht reden durfte. Oder irgendetwas.
Leah brachte ihren Sohn ins Haus.
Mac hingegen machte Anstalten, wieder auf seinen Kutter zu gehen.
»Wo willst du hin?«, fragte Bob.
»Zu Sheriff Rolins. Die Polizei muss was unternehmen. Ir-

gendein Scheusal treibt sich da draußen herum, und das müssen wir kriegen.«
Die drei Detektive blieben auf dem kleinen Holzsteg zurück und sahen Macs Kutter hinterher, wie er auf Crystal Bay zusteuerte.
»Glaubt ihr das auch?« Peter setzte sich auf den Rand des Stegs und sah auf seine Füße hinab, die knapp über dem Wasser baumelten. »Das mit dem Scheusal?«
Bob ließ sich ebenfalls nieder. »Na ja, so gut kennen wir Ben nicht. Er könnte sein Boot auch selbst zerlegt haben. Dann denkt er sich eine gruselige Geschichte aus, damit er keinen Ärger bekommt, und fertig ist der Dämon.«
»So was Ähnliches ging mir auch durch den Kopf«, sagte Peter.
»Aber wie sollte er denn sein Boot derart beschädigt haben?«, wandte Justus ein. Er setzte sich im Schneidersitz auf die Holzplanken und lehnte sich gegen einen der Poller.
»Leah meinte doch, dass er auf seinem Handy gespielt hat«, erwiderte Peter. »Vielleicht war er so vertieft in sein Spiel, dass er irgendwo gegengefahren ist.«
»Erscheint mir nicht plausibel.« Justus sah auf den See hinaus. »Das Boot war regelrecht zertrümmert. So als hätte jemand mit Absicht Kleinholz daraus gemacht. Wenn Ben nur gegen einen Felsen gelaufen wäre, hätte das Boot anders ausgesehen. Außerdem war Bens Angst echt. Das kann so ein kleiner Junge nicht spielen.«
»Ach, da kenne ich aber einen noch viel kleineren Jungen, der ganz gut im Schauspielern war.« Peter grinste seinen Freund an.

»Das tut jetzt nichts zur Sache«, knurrte der Erste Detektiv. Er hatte als Kleinkind in einer Fernsehserie mitgespielt. Aber an seine Karriere als Baby Fatso dachte er nur äußerst ungern zurück. »Ich bleibe dabei: Bennys Angst war echt.«

»Aber Angst wovor? Was meinte er mit ›Dämon‹?«, fragte Bob. »Einen Geist? Ein Tier? Einen Menschen?«

Justus suchte die Stelle auf dem See, wo Fjodor das Boot entdeckt hatte. »Viel interessanter finde ich die Frage, wie das Boot da rauskam. Da draußen kann Ben dem Dämon unmöglich begegnet sein.«

Peter zuckte die Achseln. »Wieso nicht?«

»Wie soll er ohne Boot von dort zurückgekommen sein? Würdest du diese Entfernung schwimmend schaffen? Außerdem war Bens Kleidung zwar an einigen Stellen zerrissen, aber trocken, und er selbst ziemlich schmutzig.«

Der Zweite Detektiv machte große Augen. »Ben ist dem Dämon an Land begegnet!«

»Genau.« Justus begann, seine Unterlippe zu kneten. Ein Tick von ihm, wenn er scharf nachdachte. »Und nachdem dieser Dämon das Boot zertrümmert hat, hat er es auf den See gebracht. Damit es so aussieht, als hätte Ben einen Unfall gehabt, und damit man keine Rückschlüsse ziehen kann, wo das Aufeinandertreffen stattfand. Sofern Ben den Mund hält, was ja zu klappen scheint.«

»Oder die Strömung hat das Wrack rausgetrieben«, bemerkte Bob.

»Zumindest dahin, wo es gefunden wurde. Hmmmm …« Der Erste Detektiv hörte einen Moment mit dem Kneten auf. »Wenn man zwei eurer Vermutungen kombiniert, dann

könnte uns das unter Umständen ...« Justus erhob sich. »Kommt mit! Wir müssen etwas überprüfen!«
Peter seufzte laut und vernehmlich. »Läuft grade wieder Justus' fröhliche Rätselzeit, oder was?« Sein Freund hatte bisweilen die ungute Angewohnheit, nicht alles auszusprechen, was ihm im Kopf herumging. Und das nervte Peter kolossal.
»Nein, aber die Zeit spielt unter Umständen durchaus eine Rolle.« Justus lief zum Schlauchboot und stieg ein.
Peter und Bob sahen sich schicksalsergeben an und folgten ihm. So war Justus eben, das würde sich wohl nie ändern.
Während der dritte Detektiv ins Schlauchboot kletterte, ging ihm noch einmal durch den Sinn, was Justus eben gesagt hatte. »Just, wenn dieser Dämon das Wrack auf den See rausgebracht hat, ging das nur mit einem größeren Boot oder einem Kutter.«
»Richtig.« Justus fuhr ganz langsam einfach geradeaus.
Bob blieb an seinem Gedanken dran. »So ein Boot kann man aber eigentlich nicht übersehen, oder?«
»Du meinst, der Dämon muss jemand sein, dessen Boot nicht auffällt, wenn es hier auf dem Black Lake herumfährt. Jemand, der es riskieren kann, zur Zeit von Bens Verschwinden auf dem See gewesen zu sein, ohne sich verdächtig zu machen.«
Bob nickte langsam. »Also kein Fremder ...«, er zögerte kurz, »... sondern einer der Einheimischen. Der Dämon ist womöglich einer der Fischer!«
»Das wäre ja ... Mann!«, entfuhr es Peter. »Aber du hast recht, Dritter! So muss es sein! Und vielleicht war es ja sogar dieser Fjodor! Ich meine, er hat das Boot gefunden! Angeb-

lich!« Der Zweite Detektiv machte ein vielsagendes Gesicht.
»Möglich. Wir werden ihn auf jeden Fall im Auge behalten. Andererseits kennt sicher nicht jeder alle Boote, die auf dem See fahren. Dafür ist der zu groß. Deine These ist bedenkenswert, Dritter, aber nicht zwingend.« Justus sah zurück zum Ufer und ging vom Gas. »Hier könnte es in etwa sein.«
Bob blickte irritiert um sich. »Was? Was könnte hier sein?«
»Leah meinte doch, noch gesehen zu haben, dass Ben sein Segel eingeholt hat. Und sie vermutete, dass er ein Spiel auf seinem Handy gespielt hat. Also: Ben ist vollkommen vertieft in sein Spiel, so deine Vermutung, Zweiter, und sein Boot wird von der Strömung erfasst, so deine Annahme, Dritter. Nur eben nicht erst, als es kaputt ist, sondern als Ben noch damit unterwegs ist. Mit etwas Glück ist diese Strömung nicht tageszeitabhängig, und wenn wir die Stelle finden, an der sich Ben befunden hat, treibt sie uns genau wie ihn dorthin …«
»… wo er den Dämon getroffen hat!«, ergänzte Peter. »Genial, Erster! Da weiß man doch wieder, wozu man dich mitgenommen hat!«
Justus lächelte milde. Dann konzentrierten sich die drei Jungen auf das Wasser. Wenn Justus recht hatte, musste es irgendwo hier eine Strömung geben. Stück für Stück fuhren sie weiter auf den See hinaus und gaben dem Schlauchboot dabei immer wieder genügend Zeit, sich den Verhältnissen anzupassen. Beim vierten Anlauf klappte es.
»Kollegen!«, rief Peter. »Da! Spürt ihr das? Eine Strömung! Ganz eindeutig eine Strömung!«
Zunächst kaum merklich, aber dann immer deutlicher wur-

de das Schlauchboot wie von Geisterhand in eine bestimmte Richtung geschoben. Ohne das Zutun der drei Jungen driftete es erst langsam nach Süden, um schließlich in einem weiten Bogen nach Westen zu treiben. Das alles geschah sehr bedächtig und war nicht zu vergleichen mit Strömungsgeschwindigkeiten, wie sie auf dem Meer vorherrschten. Aber Justus' Theorie schien sich zu bewahrheiten.

»Da drüben ist *Pebble Beach.*« Der Erste Detektiv zeigte nach Süden. »Hm.« Er orientierte sich. »Erstaunlich. Ich schätze, dass die Lichtsignale gestern Nacht auf dem Wasser ungefähr von der Stelle ausgesandt wurden, an der wir uns gerade befinden.«

»Wir treiben aber nicht dorthin, sondern auf den kleinen Strand da vorne zu.« Bob nickte geradeaus. In etwa fünfzig Metern würde ihr Boot einen bogenförmigen Sandstrand erreichen, auf dem einige große weiße Steine herumlagen. Rechts und links davon schoben sich Ausläufer der Berghänge bis zum Ufer vor, dahinter ging es steil und bewaldet nach oben.

»Hat was von Robinson Island, oder?«, sagte Peter.

»Robinson Crusoe. Die Insel heißt wie die gleichnamige Romanfigur«, korrigierte Justus.

Peter rollte die Augen. »Und gleich weiß man wieder, wieso man dich manchmal nicht mitgenommen haben möchte.«

Das Schlauchboot trieb tatsächlich geradewegs auf den Strand zu. Keine Menschenseele war dort zu sehen. Und auch kein Dämon.

»Vielleicht versteckt er sich im Wald?«, unkte Peter.

Das Boot schrammte leise über den Seegrund und blieb ste-

hen. Justus klappte den Außenbordmotor nach oben und stieg aus. »Sehen wir uns um.«
Peter, immer noch den Waldrand im Blick, schwang ebenfalls ein Bein über den Bordrand, spürte die Nässe an seinem Fuß und blickte kurz nach unten. Er wollte schon wieder wegsehen, als er im flachen Wasser zwischen den Kieseln etwas Merkwürdiges entdeckte.

Beutemeute

Peter beugte sich nach unten und fischte einen Ring mit einem hell leuchtenden, grünen Stein aus dem Wasser. »Da wird ja der Hund in der Pfanne verrückt! Kollegen!« Der Zweite Detektiv richtete sich auf und hielt seinen Freunden den kunstvoll geschliffenen, prächtig funkelnden Stein hin. »Ich fress einen Besen, wenn das kein Smaragd ist!«

Justus kam um das Boot herum. »Ohne jeden Zweifel. Ein Smaragdring. Und ein besonders imposanter dazu.« Er inspizierte die Innenseite des Schmuckstücks. »Die Fassung besteht aus 999er Gold. Dieser Ring kostet ein Vermögen!«

»Dann ist das doch die Erklärung für den Dämon!«, erkannte Peter. »Der Typ wollte Ben richtig Angst einjagen, damit er auf keinen Fall mehr hierherkommt und vielleicht findet, was ich eben gefunden habe.«

»Das könnte durchaus sein«, sagte Bob. »Aber wie kommt ein so wertvoller Smaragdring an diesen – oh, mein Gott! Natürlich!« Dem dritten Detektiv klappte der Mund auf. »Die Beute! Die Beute der drei Ganoven!«

Justus nickte. »Genau meine Vermutung, Bob!«

»Aber die Kerle wurden doch auf dem See eingesackt!«, widersprach Peter. »Weil sie dort gekentert sind. Ich fahre doch nicht hierher, schmeiße die Klunker an Land, fahr wieder zurück auf den See und kentere, damit mich die Polizei schnappen kann.«

Justus betrachtete aufmerksam den Strand. »Ich stimme dir grundsätzlich zu, Zweiter. Zumal auch eine Verfolgungsjagd im Gange war, die den Gaunern nicht viel Zeit ließ. Allerdings wissen wir nicht, wie viel Vorsprung sie hatten, und ihr Boot war ja auch das schnellere. Vielleicht waren sie tatsächlich erst hier und haben die Beute versteckt. Aber der Hang steigt sofort sehr steil an und rechts und links ragen hohe Felsen bis ins Wasser vor. Hier wären sie nur sehr schwer weitergekommen. Also mussten sie wieder aufs Wasser und kamen dort dann in Schwierigkeiten.«

»Hört sich nicht sehr überzeugend an«, meinte Bob.

»Ja, finde ich auch«, gab Justus zu. Er wies nach links und rechts. »Sehen wir uns trotzdem mal um.«

Doch die drei Detektive fanden nichts. Sie suchten den ganzen Strand ab und durchforsteten auch einen Teil des angrenzenden Waldes, aber weitere Schmuckgegenstände konnten sie nirgendwo entdecken.

Dafür fiel Bob etwas auf. »Kollegen, seht mal.« Er hob ein weißes Blatt Papier auf, das auf den Kieseln lag. »Von Weitem dachte ich erst, das wären große weiße Steine, die da auf dem Strand liegen. Aber das ist Papier. Weiße Papierbögen.«

»Na ja, am *Pebble Beach* haben wir ja auch jede Menge Müll gefunden. Die hat es eben hier angetrieben.« Peter zuckte die Achseln.

Bob rümpfte die Nase. »Wer wirft denn weißes, unbeschriebenes Papier ins Wasser? Schreibmaschinenpapier?« Der dritte Detektiv hielt den Bogen gegen das Licht. »Hey, seht ihr die Knicke hier und hier und hier? Das war mal gefaltet.«

»Da hast du die Erklärung! Kinder haben Papierschiffchen gebaut und sie schwimmen lassen. Vielleicht war es sogar Ben. Und dann trieben die Teile hierher.«

»Los, kommt wieder ins Boot, Kollegen«, sagte Justus. »Ich würde sagen, wir sollten noch mal zu Cotta.«
Bob sammelte aber erst noch alle Bögen ein, die er herumliegen sah. Dann fuhren die drei ??? zurück zu den Andersons. Dort angekommen wollten sie sich noch nach Bens Befinden erkundigen, aber Leah bedeutete ihnen aus einem der oberen Fenster, dass Ben schlief und sie bitte nicht gestört werden wollte. Die drei ??? liefen also weiter zu Bobs Käfer und machten sich auf den Weg nach Rocky Beach.
Unterwegs stellten sie mit einem Anruf sicher, dass Cotta noch da war, wenn sie im Police Department eintrafen. Mittlerweile war es kurz nach fünf Uhr nachmittags und Cotta wollte bestimmt bald Feierabend machen. Zähneknirschend versprach er, dass er auf sie warten würde.

»Was gibt's denn so Dringendes, Jungs? Ich bin zum Grillen verabredet«, empfing sie der Inspektor, als die drei Jungen eine Stunde später sein Büro betraten.
»Grillen ist ohnehin ungesund«, sagte Justus augenzwinkernd. »Die Nitrosamine und polycyclischen aromatischen Kohlenwasserstoffe, die dabei entstehen, können Krebs verursachen, wussten Sie das?«
»Und wusstest du, dass ich dich gleich wieder rauswerfe, wenn du mir noch mal mit so einem klugen Spruch kommst?«
Justus hob beschwichtigend die Hände. »Ich habe es nur gut gemeint.«
Die drei Detektive erzählten Cotta in aller Kürze, was sich am Nachmittag am Black Lake zugetragen hatte, und zeigten ihm danach den Smaragdring, den sie entdeckt hatten.

Cottas Reaktion war jedoch anders, als sie erwartet hatten. Er schwieg, klopfte sich mit dem Zeigefinger auf die Lippen und sah gegen die Decke. »Hm«, war alles, was er schließlich nach einiger Zeit von sich gab.
»Also, haben wir jetzt recht?«, fragte Bob vorsichtig nach. »Befanden sich unter der Beute auch Smaragdringe? Wurde die Beute damals überhaupt sichergestellt?«
Cotta atmete tief ein und aus, nahm die Hand von den Lippen und trommelte nun mit den Fingern auf die Platte seines Bürotisches. Sein Blick klebte immer noch an der Decke, als verberge sich dort oben die Lösung seines Problems.
Nach einer halben Ewigkeit atmete er noch mal ein und wieder aus, machte »Hm, hm« und ließ seinen Blick endlich zu den drei Jungen wandern. »Ja. Und nein.«
»Äh, bitte?« Peter zog die Augenbrauen hoch.
»Ja, zur Beute gehörten, wenn ich mich recht erinnere, auch Smaragdringe, und nein, die Beute haben wir nicht. Von ihr fehlt jede Spur.«
Justus dachte kurz nach. »Ist das vielleicht der Grund, warum der Fall damals so wenig Beachtung in den Medien fand?«
Cotta nickte. »Clever wie immer. Die Verantwortlichen einigten sich damals darauf, so wenig Aufhebens wie möglich zu machen, um einen Beutetourismus zu vermeiden. Wäre bekannt geworden, dass die Klunker noch im See sind, wäre dort die Hölle los gewesen.«
Die Hölle los. Justus erinnerte sich, dass Mac vor einigen Tagen genau dieselbe Formulierung gebraucht hatte, als er ihnen den Zustand beschrieben hatte, der nach der Sichtung des Monsters am Black Lake geherrscht hatte.

»Das erklärt unter Umständen auch, warum Sheriff Rolins so kurz angebunden war, Kollegen.« Bob sah nach rechts und links. »Er wollte nicht, dass die alte Geschichte wieder hochkocht. Schon gar nicht, nachdem gerade erst die Monstersache überstanden war.«

»Denkbar«, murmelte Justus. Und an Cotta gewandt: »Hat die Polizei den See denn damals abgesucht?«

Cotta lächelte dünn. »Natürlich. Aber finde in diesem See mal einen Sack voller Edelsteine. Dagegen ist die sprichwörtliche Nadel im Heuhaufen ein Laternenpfahl.«

»Und man glaubt auch nicht, dass die Kerle Zeit genug hatten, die Beute an Land zu bringen?«, fragte Peter.

»Nein. Man vermutete damals, dass sie die Beute bereits auf dem Weg zum See irgendwo aus dem Auto geworfen hatten.«

»Kann nicht die Strömung den Ring da hingespült haben?«, fragte Peter.

Cotta schüttelte den Kopf, Justus tat es ihm gleich, Bob machte ein skeptisches Gesicht.

»War nur 'ne Idee.« Peter hob entschuldigend die Hände.

»Um auf diesen Dämon zurückzukommen.« Cotta beugte sich vor. »Ihr wisst nur, dass er kein Gesicht hatte, richtig? Ob ihm dieser Ben tatsächlich an dem Strand begegnet ist, ist durch nichts bewiesen?«

»Das ist richtig, aber –«

»Ist der Junge vielleicht sehr … fantasievoll?«, unterbrach Cotta Bob.

»Ich weiß nicht, aber –«

»Oder hat er gestern vor dem Zubettgehen ein gruseliges Buch gelesen?«

»Sie meinen, er hat sich das alles nur ausgedacht? Aber er hatte wirklich Angst!«, sagte Bob entrüstet. »Und sein Boot war völlig zerstört!«

»Tja.« Cotta lehnte sich wieder zurück. »Der Junge ist nach kurzer Zeit wieder aufgetaucht, er ist nicht verletzt, und nur weil ein Siebenjähriger –«

»Achtjähriger!«

»... weil ein Achtjähriger einen Dämon ohne Gesicht gesehen haben will, kann ich nicht die Spezialeinheit mobilisieren.«

»Aber die Vermutung liegt doch äußerst nahe, dass er diesem Dämon an jenem Strand begegnet ist und dieser Dämon ihn von dort fernhalten möchte«, beharrte Justus. »Wer auch immer hier als Dämon aufgetreten ist, ist hinter der Beute her beziehungsweise hat sie vielleicht schon gefunden.«

Cotta schien nicht überzeugt. »Wie gesagt: Ob es überhaupt einen Dämon gegeben hat, ist völlig unklar. Und ob ein Dämon, den es vielleicht nicht gegeben hat, mit jener Beute in Zusammenhang steht, von der – vielleicht – jetzt ein Teil aufgetaucht ist, ist reinste Spekulation. Außerdem: Warum der Smaragd da lag, wissen wir auch nicht mit letzter Sicherheit. Vielleicht hat ihn damals einer der Gauner zur Ablenkung dort hingeworfen, vielleicht hat ihn ein Fisch gefressen und wieder ausgespuckt, was weiß ich.«

»Ein Fisch hat ihn gefressen!« Peter hätte sich fast an die Stirn getippt. »Das glauben Sie doch selbst nicht!«

»Nein, tue ich tatsächlich nicht. Und deswegen werde ich auch veranlassen, dass man den Strand dort gründlich absucht. Aber mehr ist nicht drin, Jungs.«

Auf dem Weg nach draußen hingen die Freunde ihren Gedanken nach, als Bob auf der Treppe des Police Departments plötzlich unvermittelt stehen blieb. »Pantano und Scrab sitzen in Sellamoore, Wetmore ist tot«, sagte er ohne Zusammenhang. »Direkt kann es also keiner der drei Ganoven von damals sein, der für die Ereignisse am Black Lake verantwortlich ist, richtig?«
»Was meinst du mit *direkt*?«, fragte Peter.
»Dass einer der drei Ganoven geplaudert hat?«, mischte sich Justus ein. »Dass er einem Mithäftling, einem Kumpel, der zu Besuch war, oder einem Verwandten was erzählt hat?«
»Genau. Irgendjemand anderes weiß von der Sache damals. Und dieser Jemand weiß offenbar auch, wo er suchen muss.«
»Der soll jetzt die Klunker aus dem Versteck holen und dann teilen sie sich die Beute, wenn der andere aus dem Knast kommt!« Peter zeigte auf Bob. »Das könnte es sein, Dritter! Gute Idee!«
»Acht Monate bevor sie entlassen werden? Nachdem vorher dreizehn Jahre nichts passiert ist?«, wandte Justus ein.
»Vielleicht«, erwiderte Bob, »wollte einer der Knastbrüder dem andern zuvorkommen? Aber gleichzeitig seinem Komplizen draußen vorher nicht dreizehn Jahre lang Gelegenheit geben, die Beute zu verprassen?«
Peter zog die Nase kraus. »Denkbar. Aber selbst wenn das stimmen sollte: Wie finden wir heraus, ob einer der beiden und, wenn ja, mit wem er geredet hat?«
»Ganz einfach!«, sagte Justus. »Wir gehen ins Gefängnis!«

Kiefern in Holland lieben Cadillacs und Peanuts in Gouda

Die Fahrt nach Pasadena konnte erst am nächsten Vormittag stattfinden. Besuchszeit im Sellamoore-Gefängnis war von 7.30 bis 10 Uhr und von 15 bis 17.30 Uhr, wie die drei Jungen am Abend zuvor über das Internet herausgefunden hatten. Den Weg dorthin kannten sie gut, weil sie ihren ehemaligen Klienten im Gefängnis besucht hatten. Das Gebäude hatte sich seitdem nicht verändert. Derselbe graue, unansehnliche Betonkasten, die Mauern mit dem Stacheldraht, die Überwachungstürme.

»Die haben immer noch keine Geranien an den Fenstern.« Wie zuvor fröstelte es den Zweiten Detektiv beim Anblick des kalten, abstoßenden Gebäudekomplexes.

Die drei ??? hatten sich eine Strategie zurechtgelegt. Denn da sie weder Amtspersonen noch mit Pantano oder Scrab verwandt oder befreundet waren, würde man sie nicht einfach mit den Häftlingen reden lassen. Zum Glück konnte man in der Schule jedes Referat irgendwann einmal gebrauchen.

»Soso, der kalifornische Strafvollzug.« Der Direktor des Gefängnisses schlug sein rechtes Bein über sein linkes, faltete die Hände über seiner Weste und wippte in dem mächtigen Lederstuhl hin und her. Mackenzie Whigham hieß der Mann dem kleinen Schildchen auf dem Monsterschreibtisch zufolge. Nachdem die drei ??? an der Pforte ihr Anliegen geschildert hatten, waren sie von einem Wärter in Whighams Büro gebracht worden.

»Aber die Schule fängt doch erst wieder in ein paar Wochen an.«
»Wir arbeiten gerne vor«, sagte Justus und versuchte, dabei besonders strebsam auszusehen. »Das entzerrt die Arbeitsbelastung, wenn es wieder richtig losgeht.«
Whigham lachte unsympathisch. Ein leichter Alkoholdunst wehte dabei über den Tisch. »Echte Musterschüler also. Na toll. Und wie habt ihr euch das vorgestellt? Was wollt ihr wissen?«
»Nun, uns interessieren vor allem die Kommunikationsstrukturen. Post, Gespräche, Regeln für den Besuch, Kontakt der Häftlinge untereinander, diese Aspekte. Und falls möglich«, jetzt setzte der Erste Detektiv sein bestes Kindermüsli-Werbelächeln auf, »würden wir auch gerne mit zwei oder drei leibhaftigen Häftlingen sprechen.«
Auch Peter und Bob gaben die Lieblingsenkel. Beide hatten sich im Auto sogar einen braven Seitenscheitel gekämmt, obwohl Peter fand, dass er damit ausgesprochen dämlich aussah.
»O…kay.« Whigham lupfte die Augenbrauen. »Das ist allerdings recht unüblich.«
Justus holte auch noch seinen Hundeblick hervor. »Ja, das ist uns bewusst. Aber deswegen kommen wir ja gerade in Ihr Gefängnis. Wir haben gehört, dass Sie für Ihre vorbildlichen Führungsqualitäten bekannt sind und als gleichermaßen umsichtiger wie liberaler Gefängnisdirektor gelten, der durchaus offen ist für unübliche Methoden im Strafvollzug. Daher dachten wir …« Der Erste Detektiv ließ den Rest ungesagt und verharrte in ehrfürchtiger Erwartung. Jetzt konnten sie nur hoffen, dass so viel Honig ums Maul genügte.

»Sagt man das? Soso.« Whigham fühlte sich sichtbar geschmeichelt. »Der Laden hier läuft ganz gut, ja.«
»Natürlich erwähnen wir Ihre Freundlichkeit auch in unserem Referat. Was Sie da tun, ist ja alles andere als selbstverständlich.«
Whigham schürzte genüsslich die Lippen und Justus spürte, dass er den Mann an der Angel hatte. Und nach einigen weiteren Bauchpinseleien und auffälligst vorgetragener Bewunderung bekamen die Jungen das, was sie wollten: Sie durften mit Scrab und Pantano sprechen! Bob hatte noch diesen besonderen Wunsch ausgesprochen, weil er – angeblich – aus Crystal Bay stammte.
Auf dem Weg in die Besucherhalle schwadronierte Whigham von all den Maßnahmen, die seit seiner Amtsübernahme Sellamoore zugutegekommen waren, lieferte nebenher noch ein paar Informationen über Freigang, Besuchsregeln, Postverkehr und Archiv, auf das er die Jungen im Vorbeigehen aufmerksam machte, und erinnerte sich schließlich auch noch an Paul Wetmore.
»Armer Kerl. War am Ende völlig durch den Wind. Wahrscheinlich hat ihn die schreckliche Diagnose um den Verstand gebracht.«
Die Besucherhalle war den drei ??? dann doch neu. Mit Denzel Hopkins hatten sie in einem weiß gekachelten Raum von Angesicht zu Angesicht gesprochen. Der Raum, in den sie nun eintraten, war mit Glastrennwänden und Telefonen ausgestattet. Bob würde mit Scrab reden, Justus und Peter mit Pantano. Die beiden Gefangenen wurden hereingebracht und zu ihren Plätzen geführt.

Scrab sah gar nicht wie ein Juwelenräuber aus. Eher wie ein Buchhalter. Spitzes Mausgesicht, dünne Haare, ein mageres, knochiges Männchen mit einer schiefen Nase, das den Eindruck erweckte, als wäre es gerade erst aufgestanden. Träge nahm er den Hörer ab. Einer der Wärter kam noch einen Schritt näher, um das Gespräch mit anhören zu können.
»Wer bist 'n du?« Scrab entblößte ein paar gelbe Zähne.
Bob sagte sein Sprüchlein mit dem Referat auf und begann mit ein paar harmlosen Fragen zu Unterbringung, Verpflegung und Gefängnisalltag. Scrab machte sich zwar zu Anfang über den »Milchbubi« auf der anderen Seite der Glasscheibe lustig, schien aber froh über die Abwechslung und beantwortete bereitwillig Bobs Fragen. Dann kam der dritte Detektiv auf Post und Besuch zu sprechen und erfuhr dabei, dass Scrab ab und zu von seiner Mutter besucht wurde, aber noch nie einen Brief nach draußen geschrieben hatte.
»An wen denn? Außer Mum interessiert doch kein Schwein, wie's mir geht.«
Nach exakt acht Minuten ließ Bob die Bombe platzen. »Ich frage das deswegen, weil die Beute von Ihrem damaligen Raubzug gefunden wurde und die Zeitungen sich nun fragen, ob Sie das Versteck womöglich verraten haben.«
Scrab sprang auf. »Was? Was sagst du da?«
Kurz darauf passierte in der übernächsten Glasbox nahezu dasselbe. Pantano stand ruckartig auf, brüllte in den Hörer und starrte Justus und Peter an.
Und dann entdeckten die beiden Häftlinge einander.
»Du Ratte!«, fuhr Pantano Scrab über die Trennwände hinweg an.

»Ich? Du warst das doch, du mieses Aas!«, schrie Scrab.
»Hallo! Die beiden Herren!« Zwei Wächter schritten ein und sorgten dafür, dass Pantano und Scrab nicht aufeinander losgingen. Doch die beiden ließen sich kaum beruhigen, warfen sich die wüstesten Beschimpfungen an den Kopf und mussten direkt in ihre Zellen gebracht werden. Das Gespräch war vorbei.
Whigham, der sich bis zu dem Streit mit einem der Aufseher unterhalten hatte, kam auf die Jungen zu. »Was war denn da los? Was habt ihr zu ihnen gesagt?«
Der Wärter, der bei Bob mitgehört hatte, erstattete seinem Chef Bericht.
»Bitte?« Zornesfalten zeichneten sich auf Whighams Stirn ab. »Das war reichlich dämlich, Jungs. Dass die beiden dann ausrasten, ist doch klar! Und was hat das überhaupt mit eurem Referat zu tun?«
»Nichts. Fiel mir nur gerade ein, weil bei uns zu Hause jeder zurzeit davon spricht. Entschuldigung.« Bob gab sich zerknirscht. »Das war dumm.«
»Allerdings.« Die Merkwürdigkeit, dass Justus und Peter offenbar die gleiche Frage gestellt hatte, entging Whigham in seinem Unmut.
Die Recherchen waren damit jedoch beendet. Der Bonus, den sich die drei ??? mühsam erschmeichelt hatten, war aufgebraucht. Whigham hatte keine Lust mehr, Fremdenführer zu spielen, und forderte die Jungen auf, wieder nach Hause zu fahren. Sie hätten ja jetzt wohl genügend Material für ihr Referat.
Die Freunde entschuldigten sich nochmals für die Unan-

nehmlichkeiten, bedankten sich und folgten Whigham Richtung Ausgang. Als sie wieder am Archiv vorbeikamen, krümmte Justus sich plötzlich zusammen.

»Magenkrämpfe! Die turbulente Situation eben.« Der Erste Detektiv hielt sich den Bauch. Sein Gesicht verzerrte sich vor Schmerzen. »Das war wohl zu viel für mich. Gibt es hier in der Nähe eine Toilette?«

Whigham grunzte genervt. »Okay. Toilette ist da vorne. Ihr findet dann selber raus?«

Justus lächelte gequält. »Natürlich. Vielen Dank noch mal!«

»Schönen Tag!« Whigham drehte sich um und stapfte davon.

»Dir ist schlecht?«, fragte Peter.

»Hast du dein Dietrichset dabei?« Der Erste Detektiv war mit einem Mal wieder kerngesund.

»Äh …« Peter tastete sich ab. »Ja. Wieso?«

»Whigham meinte doch, dass alle ausgehende Post kopiert und verwahrt wird.«

»Ja? Und?«

Justus zeigte zu der Tür mit der Aufschrift *Archiv*.

Peter erblasste. »Das ist nicht dein Ernst!«

»Das ist *die* Chance! Vielleicht unsere einzige. So wie Scrab und Pantano reagiert haben, hat keiner der beiden etwas verraten. Die waren völlig überrascht. Scrab und Pantano sitzen brav ihre letzten acht Monate ab, um sich danach die Beute zu holen. Bleibt Wetmore.«

»Den wir nicht mehr befragen können«, sagte Bob.

»Aber wir können seine Briefe lesen.«

»Wieso denkst du, dass er jemandem da draußen den Fundort der Beute beschrieben hat?«, entgegnete Peter. »Er könnte ihn genauso gut einem Besucher verraten haben oder einem Mithäftling.«

»Einem Besucher wohl eher nicht. Die Gespräche wurden schon immer meist mitgehört, wenn ihr euch erinnert. Ob er mit einem Mithäftling gesprochen hat, werden wir kaum jemals in Erfahrung bringen können. Das Einzige, was wir überprüfen können, ist seine Korrespondenz.«

»Die sehen sich doch bestimmt an, was da an Post rausgeht«, wandte Peter ein.

»Ich dachte auch nicht an Klartext, sondern eher an verschlüsselte Mitteilungen. Scheinbar sinnlose Kritzeleien, seltsame Formulierungen, zu viele Zahlen. Ihr wisst, was ich meine.«

»Wetmore ist aber schon vor zwei Jahren gestorben.« Bob überlegte. »Wenn er wirklich jemandem das Versteck der Beute verraten hat – hätte sich derjenige die Klunker nicht schon längst geholt?«

»Das ist gut möglich«, erwiderte Justus. »Die jüngsten Vorfälle am Black Lake könnten jedoch auch darauf hindeuten, dass in dieser Angelegenheit das letzte Wort noch nicht gesprochen ist. Aber dazu müssen wir erst einmal in Erfahrung bringen, ob es einen Mitwisser geben könnte und was der erfahren hat.«

Peter sah besorgt den Gang hinab. »Just, die bringen uns gleich ein paar Türen weiter, wenn sie uns im Archiv erwischen!«

»Wir haben uns verlaufen.«

»Mit dem Dietrich in der Hand?«

»Die Tür war auf.«
»Und dann suchen wir die Toilette zwischen den Aktenschränken?«
»Wir sind ein bisschen sehr brav und sehr naiv, schon vergessen?«
Peter verdrehte die Augen. »Du hast aber auch für alles eine Ausrede!«
Bob war ebenfalls alles andere als wohl bei der Sache. Andererseits hatte Justus recht: Das war *die* Chance!
Die drei ??? beschlossen, zusammen in das Archiv zu gehen. Dass einer von ihnen Schmiere stand, machte angesichts der Umstände wenig Sinn.
Das Schloss der Tür hatte Peter im Nu geknackt. Leise drückten sich die Jungen in den dahinterliegenden Raum. Ein Raum voller Aktenschränke, der nur durch drei trübe Oberlichter matt erhellt wurde. Justus verzichtete dennoch darauf, das Licht anzumachen.
»Wir teilen uns auf.« Der Erste Detektiv zeigte nach rechts, nach links und auf den mittleren Aktengang.
Die Schränke mit den Hängeregistern waren unverschlossen. Offenbar hielt man die abgesperrte Eingangstür als Sicherungsmaßnahme für ausreichend. Da das Archiv alphabetisch geordnet war, konnten sie die linken und mittleren Gangreihen bald vernachlässigen und sich auf die rechten konzentrieren. Schnell hatten sie den Schrank für die Namen mit W entdeckt.
Paul Wetmore hatte zahlreiche Briefe geschrieben. Zu Anfang seiner Haft noch einige an seine Frau, dann nur noch an seinen Sohn Daniel. Diese Briefe alle durchzusehen war

in der Zeit, die den Jungen zur Verfügung stand, unmöglich. Daher konzentrierten sie sich auf die letzten Schriftstücke aus der Zeit, als Wetmore vermutlich schon wusste, dass er das Gefängnis nicht mehr lebend verlassen würde. Und bald schon machten die drei Detektive eine interessante Entdeckung.

»Kollegen!«, zischte Justus. »Seht euch das an!« Der Erste Detektiv hielt zwei Papierbögen ins spärliche Licht. »Die Briefe bis etwa ein halbes Jahr vor seinem Tod sind völlig klar. Aber die hier, vier Monate später, sind stellenweise völlig konfus.«

»Sagte nicht Whigham, dass Wetmore vor seinem Tod den Verstand verlor?«, erinnerte sich Bob.

»Ja, schon ... aber ... ich weiß nicht. Manches liest sich ganz normal, aber dann gibt es immer wieder Passagen wie die hier: ›Kiefern in Holland lieben Cadillacs und Peanuts in Gouda.‹«

»Bitte was?«, stieß Peter hervor.

»Ja. Solche Formulierungen tauchen in den letzten Briefen immer häufiger auf. Hier zum Beispiel steht was –« Der Erste Detektiv verstummte schlagartig. Die Eingangstür war geöffnet worden.

»Hallo? Ist hier wer?«, hallte eine Stimme durch den Raum. Die drei gingen sofort auf dem Boden in Deckung. Dann näherten sich Schritte.

Richtungswechsel

Justus streckte den Arm nach oben und schloss den Aktenschuber. Langsam, Millimeter für Millimeter schob er die metallene Lade in den Kasten zurück. Ein Knirschen, ein Quietschen und sie wären geliefert.
»Hallo?« Die Schritte kamen näher.
Bob zeigte auf das Ende der Schrankreihe. Sie mussten es zur Stirnseite schaffen. Hier im Gang würde sie der Wärter sofort entdecken. Einer hinter dem anderen huschten sie nach hinten. Dann drückten sie sich an die Schmalseite des letzten Aktenschranks. Keine Sekunde zu früh!
»Verdammt!«, stieß der Wärter hervor. »Ich hätte schwören können, dass ich was gehört habe.« Langsam kam er den Gang entlang, in dem die Jungen eben noch gehockt hatten. Die drei Detektive ihrerseits schoben sich um die Ecke und schlichen auf der anderen Seite der Schränke Richtung Ausgang. Bevor die Schritte am gegenüberliegenden Ende des Raumes verstummten und der Wärter wieder den Eingang im Auge hatte, quetschten sie sich nacheinander durch die Tür nach draußen.
»Mann, das war knapp!« Peter spürte, wie das Adrenalin durch seinen Körper flutete.
»Ich bin fix und fertig.« Bob wischte sich den Schweiß von der Stirn.
Justus steckte die beiden Briefe unter seine Jacke. »Lasst uns schleunigst verschwinden.«
Ohne weitere Zwischenfälle verließen die drei ??? das Sella-

moore-Gefängnis. Aber erst als sie in Bobs Käfer saßen, legte sich ihre Aufregung allmählich.

»Ich habe mich schon in Einzelhaft gesehen«, sagte Peter. »Bei Wasser und Brot.«

»Lasst uns so etwas nicht allzu bald wiederholen.« Bob steckte den Schlüssel ins Zündschloss. »Und jetzt ab nach Hause. Ich brauche unbedingt Nervennahrung. Kekse, Schokolade, Kuchen, egal was, Hauptsache, süß.«

Der Erste Detektiv schaute auf die Umschläge der Briefe. »Das kannst du dir auch unterwegs einverleiben.«

Bob wartete mit dem Anlassen. »Unterwegs wohin?«

»Nach Santa Barbara.« Justus zeigte auf die Adresse, die auf dem Umschlag stand. »Wetmores Frau und sein Sohn Daniel wohnten dort und wohnen hoffentlich immer noch da.«

»Okay.« Bob startete den Motor. »Aber als Erstes brauch ich Süßzeug.«

Cynthia Wetmore war wenig begeistert, als die drei ??? eine Stunde später bei ihr klingelten und ihr erklärten, warum sie vor ihr standen. Die Frau – Mitte vierzig, brünettes, schulterlanges Haar, füllig, beiger Hausanzug – sah immer wieder zu Boden und machte einen schwermütigen Eindruck.

»Jungs, ich bin damit wirklich durch und möchte nicht mehr daran erinnert werden.«

»Das verstehen wir natürlich«, sagte Justus. »Die, ähm, traurigen Ereignisse sind sicher immer noch sehr belastend für Sie. So lange ist das alles ja noch nicht her. Aber wir hätten auch nur –«

»Ich glaube, du verstehst mich falsch. Dass Paul tot ist, ist nicht das Problem. Ein Problem war er, solange er am Leben war. Deswegen habe ich mich kurz nach der Sache in Palmdale von ihm getrennt. Und *daran* möchte ich nicht erinnert werden. An diesen ganzen Zirkus, der vor allem Dani sehr mitgenommen hat. Sein über alles geliebter Vater ein Verbrecher!« Cynthia lachte verbittert. »Dieser Idiot!«

Peter schaute die Frau verwundert an, doch Bob schaltete schnell. »Das ist wirklich schlimm. Aber in der Angelegenheit, in der wir ermitteln, wurde einem kleinen Jungen, er ist erst acht, ebenfalls sehr übel mitgespielt. Und uns und seinen Eltern liegt sehr viel daran, dass die Verantwortlichen gefunden werden.«

Cynthia Wetmore sah die drei Jungen nachdenklich an. »Acht, sagst du? Was ist passiert?«

Bob schilderte ihr Bens Verschwinden, die seltsamen Umstände, die mit seiner Rückkehr verbunden waren, und den möglichen Zusammenhang mit dem Raubzug ihres verstorbenen Mannes.

Cynthia Wetmore schüttelte langsam den Kopf. »Kommt rein.« Sie führte die drei ??? in die Küche und bot ihnen Limonade und Kekse an, dann setzten sie sich gemeinsam an den Küchentisch. Bob musste erst eine Einkaufstüte von seinem Stuhl nehmen, bevor er sich ebenfalls niederlassen konnte.

Paul Wetmores Witwe hatte sich nach dem Überfall auf den Juwelier in Palmdale so bald wie möglich von ihrem Mann scheiden lassen. Paul Wetmore sei schon immer ein Tunichtgut gewesen und der Überfall hatte ihrem schon lange schwelenden Unmut das i-Tüpfelchen aufgesetzt. Nur wegen Da-

niel hatte sie den Kontakt zu Wetmore noch eine Weile aufrechterhalten und war etwa ein Jahr lang einmal im Monat mit ihrem Sohn ins Gefängnis nach Sellamoore gefahren. Aber Daniel hätten diese Besuche, bei denen sie die beiden meist alleine gelassen habe, mehr und mehr verwirrt. Deshalb habe sie eines Tages einen Entschluss gefasst: Dani sollte besser ohne Vater als mit *solch* einem aufwachsen. Leicht war ihr die Entscheidung nicht gefallen, denn Daniel liebte seinen Vater abgöttisch. Doch dieser Einfluss musste ein Ende haben. Von da an hatte Cynthia Wetmore verhindert, dass ihr Sohn noch irgendetwas mit seinem Vater zu tun hatte: Sie stellte die Besuche in Sellamoore ein, legte auf, wenn Paul anrief, und packte alle Briefe immer sofort weg, die er an seinen Sohn schickte. Sie lagen säuberlich gebündelt in einer Kiste in der Besenkammer.
»Daniel hat die Briefe also definitiv nie zu Gesicht bekommen?«, fragte Justus nach.
Cynthia Wetmore schüttelte den Kopf.
»Was haben Sie Ihrem Sohn denn damals erzählt, warum Sie nicht mehr nach Sellamoore fahren, wenn ich fragen darf?«, erkundigte sich Peter.
Cynthia Wetmore zögerte. »Dass Paul im Gefängnis einen Unfall hatte.«
»Dass er tot ist?«
Die Frau nickte. Ihre Augen schimmerten feucht. Für einen Moment herrschte eine bedrückende Stille.
»Wie alt ist Daniel jetzt?«, fragte schließlich Bob.
»Einundzwanzig. Er war damals erst sieben.«
»Und er lebt noch bei Ihnen?«

»Nein, er studiert in Seattle. Luftfahrttechnik. Daniel will Pilot werden.« Cynthia Wetmore versuchte zu lächeln.

Plötzlich stutzte Justus. Ihm war ein gerahmtes Bild an der Küchenwand aufgefallen. Hinter einer Glasscheibe erkannte er in Kindermanier gezeichnete blaue Wellen, eine Sonne, Wolken, Blumen, einen Vogel und drei Menschen, die neben einem Haus mit Fensterläden standen. Zwei große Menschen, die einen kleinen an der Hand hielten. Doch nicht das Bild selbst erregte Justus' Aufmerksamkeit, sondern das, was in ungelenker Handschrift darunter geschrieben stand: *Mark Twains Ford hasst Spaghetti und Geigen.*

»Ist das Bild von Ihrem Sohn?« Der Erste Detektiv zeigte auf die gerahmte Zeichnung.

Cynthia Wetmore sah nach oben. »Ja. Hat mir Dani mal zum Geburtstag gezeichnet.« Ein verklärter Blick huschte über ihr Gesicht.

»Und was bedeutet *Mark Twains Ford hasst Spaghetti und Geigen*?« Justus warf Peter und Bob einen unauffälligen Blick zu und erkannte, dass auch sie die Bedeutsamkeit des Bildtextes erfasst hatten.

Cynthia Wetmore lachte leise. »Das wollte er mir nicht verraten. Bis heute nicht. Das sei ein Geheimnis.« Ihr Gesicht verfinsterte sich. »Wahrscheinlich wieder so ein Unsinn, den ihm Paul beigebracht hat. Paul konnte gar nicht genug kriegen von diesem Zeug.«

»Von welchem Zeug?«, hakte Bob nach.

Cynthia Wetmore winkte ab. »Ich weiß es nicht. Und ich will auch nicht darüber reden.«

Als die drei Cynthia Wetmore wieder verließen, waren sie

nur wenig schlauer als vorher. Die Bildunterschrift war zwar ein sehr interessantes Indiz. Doch auch Justus hatte keine Ahnung, ob sich dahinter und hinter den ähnlich mysteriösen Formulierungen aus Paul Wetmores Briefen ein Hinweis auf die Beute verbarg.

»In beiden Sätzen kommt ein Auto vor«, bemerkte Peter, während Bob aus der Parklücke lenkte.

»Ja.« Justus holte sein Handy hervor und wählte. »Und dann wären da noch ein Käse, ein Land, ein Instrument, ein Schriftsteller … im Augenblick erschließen sich mir hier keinerlei Zusammenhänge. Hallo, Inspektor Cotta? Hier Justus Jonas. Ich wollte mich erkundigen, ob die Suche nach der Beute schon irgendein Ergebnis gezeitigt hat.«

Hatte es nicht. Cottas Kollegen in Castaic hatten Strand und Umgebung äußerst gründlich abgesucht. Doch außer einer verwitterten Schatulle hatten sie nichts entdeckt.

»Und die dümpelte da zwischen zwei Felsen im Wasser herum?«, wiederholte Peter, nachdem der Erste Detektiv das Gespräch beendet hatte.

Justus nickte. »Eine kleine Schatulle für einen Ring. Die könnte tatsächlich dorthin abgetrieben worden sein.«

»Aber dann …«, Peter zeichnete mit seinen Zeigefingern wilde Linien in die Luft, »… habe ich ja vielleicht doch recht. Der Ring wurde samt Schatulle dorthin getrieben und fiel irgendwann raus. Das wiederum könnte bedeuten, dass wir die Beute nicht am Strand, sondern an einer Stelle am Seegrund finden, über die der Strömungsweg zum Strand verläuft.« Peters rechter Zeigefinger fuhr nach links, der linke nach rechts. »Also andere Richtung.«

Ein Tauchgang mit Folgen

Peters Schlussfolgerung war absolut logisch. Die Ganoven mussten gar nicht am Strand gewesen sein. Sie hatten ihre Beute womöglich im See versenkt. Dabei war ihnen die Schatulle irgendwie abhandengekommen und der Ring hatte es bis an den Strand geschafft.

»Dann ist Ben dem Dämon vielleicht doch auf dem Black Lake begegnet?«, überlegte Bob.

»Aber Benny sah nicht aus, als wäre er im Wasser gewesen.«

»Vielleicht war er schon wieder trocken? Und nur schmutzig, weil er danach durch den Wald geirrt ist?«

»Nachdem ihn der Dämon dort ausgesetzt hat?«

»Warum nicht?« Bob zuckte die Schultern.

»Womöglich klärt sich auch das, wenn wir die Beute gefunden haben«, sagte Justus. »Jetzt gilt es erst einmal, verschiedene Vorbereitungen zu treffen, und dann müssen wir die genauen Strömungsverhältnisse auf dem See ermitteln. Lasst uns in die Zentrale und dann zu Mac fahren.«

Zuerst hielten die drei Jungen noch bei Peter und Bob zu Hause, damit die beiden ihre Tauchausrüstung holen konnten. Auf dem Schrottplatz suchte Justus dann eine Weile nach einem möglichst langen Gartenschlauch, und nur Sekunden bevor ihn Tante Mathilda entdecken konnte, schlüpfte er durch das Grüne Tor und stieg in Bobs Käfer.

»Fahr los, ich hab alles.«

»Wie lang?«

»Zweimal fünfundzwanzig Meter. Das müsste reichen.«

Mac war leider nicht zu Hause, wie sie von Leah erfuhren. »Er ist mit Benny zum Zelten gefahren. Wir dachten, Benny sollte mal raus, was anderes sehen. Er ist immer noch sehr ruhig und in sich gekehrt«, sagte Leah bekümmert.
In Bezug auf die Strömungsverhältnisse auf dem Black Lake konnte jedoch auch Leah den drei ??? helfen. Mac hatte eine ganze Schublade voller Karten vom See und darunter befand sich auch eine, die die Strömungen auswies.
»Das hier müsste unsere sein.« Bob deutete auf eine rote Linie, die sich etwa von der Mitte der südlichen Seehälfte zum *Sandy Cove* zog, jenem Strand, an dem sie den Smaragdring gefunden hatten.
»Und ihr wollt da wirklich alleine raus?«, fragte Leah. »Soll ich nicht doch Ned anrufen oder Grady? Die helfen euch bestimmt gerne.«
»Vielen Dank!«, lehnte Justus ab. »Noch ist das ja alles nur ein vager Verdacht. Wir wollen uns erst einmal selbst umsehen.« Dass sie im Augenblick niemandem vertrauen konnten, verschwieg der Erste Detektiv.
Die drei Jungen packten die Karte ein, liehen sich erneut das orangefarbene Schlauchboot und fuhren auf den See hinaus. Dunkle Wolken waren aufgezogen und ein frischer Wind blies aus Nordwest. Soweit die Jungen das beurteilen konnten, waren sie im Augenblick die Einzigen auf dem See. Weit über ihnen kreiste ein dunkler Raubvogel und ließ in kurzen Abständen seinen kläglichen Schrei ertönen. Peter fröstelte.
Als sie *Sandy Cove* erreicht hatten, blickte Bob auf die Uhr. »Kurz nach fünf. Allzu lange wird das Licht nicht mehr reichen.«

Die Jungen legten ihre Neoprenanzüge an und Justus griff in die große Sporttasche, die er vom Schrottplatz mitgebracht hatte. »Ich hab noch eine Taschenlampe eingepackt, die bis zwanzig Meter Tiefe wasserdicht sein soll.«
»Hoffentlich gilt das auch für die Gartenschläuche.« Peter zog schon mal einen der Schläuche aus der Tasche und steckte das Ende auf sein Schnorchelrohr. »Druckluftflaschen wären mir sehr viel lieber gewesen.«
»Zu viel Aufsehen, wenn wir die Ausrüstung in Crystal Bay leihen. Und zu teuer. Die Schwammtaucher im Mittelmeer und der Karibik verwenden auch diese Technik. Das geht.«
»Die benutzen Gartenschläuche?«
»Na ja, nicht direkt Gartenschläuche. Passt der Schlauch oder brauchen wir das Klebeband?« Justus deutete auf Peters Schnorchel.
»Passt wie angegossen.« Der Zweite Detektiv zog den Reißverschluss seiner Neoprenjacke zu und schlüpfte in seine Flossen. »Von mir aus kann's losgehen.«
Auch Justus konnte sein Schlauchende luftdicht über sein Schnorchelrohr ziehen. Er spuckte in seine Taucherbrille, verrieb den Speichel auf den Gläsern und wusch die Brille im Wasser aus. »Dritter, du achtest ununterbrochen auf die Schläuche, ja?«
»Und auf irgendwelche Dämonen, die sich hinterrücks anschleichen!«, ergänzte Peter.
»Keine Sorge, ich pass auf euch auf. Ich versuche, dieser Linie …« Bob zeigte auf die Karte mit den Strömungen, die vor ihm im Boot lag. »… so genau wie möglich zu folgen. Ihr bleibt einfach immer unter mir. Wenn etwas ist,

zieht ihr drei Mal am Schlauch. Im umgekehrten Fall gilt das Gleiche.«

Justus und Peter drehten sich über den Bordrand und ließen sich ins brusttiefe Wasser sinken. Dort reichte ihnen Bob die Schnorchel mit den fixierten Schläuchen. Seine beiden Freunde legten die Taucherbrillen an, nahmen die Mundstücke ihrer Schnorchel auf, hoben noch einmal ihre Daumen und tauchten schließlich ab.

Die ersten zwanzig Meter konnte Bob die beiden noch unter sich ausmachen. Wie zwei Riesenfische glitten ihre Schatten über den Seegrund und schoben dabei ein fahles Licht vor sich her. Dann aber verschluckte sie die nasse Finsternis, und nur die beiden Schläuche, die über den Bordrand hingen, und ein immer schwächer werdendes Leuchten zeugten noch davon, dass Justus und Peter irgendwo da unten waren.

Bob schaute sich um. Dabei schweifte sein Blick erneut über *Pebble Beach*, der rechts von ihm lag. Plötzlich fiel ihm der Mann wieder ein. Der Angler, den sie vor einigen Tagen gerettet hatten. Damit hatte alles begonnen. Mit dem Mann, den ein Monster von seinem Boot gezogen hatte. Irgendetwas kam Bob dabei plötzlich seltsam vor …

Das Wasser war kalt. Und wurde mit jedem Meter, den sie tiefer gingen, kälter. Peter rieb sich andeutungsweise über den linken Oberarm und schüttelte sich. Justus schloss Zeigefinger und Daumen zu einem Kreis. Okay. Verstanden. Mir ist auch kalt.

Die Taschenlampe sandte ein sanftes, leider nicht allzu starkes Licht aus. Die Jungen konnten vier, fünf Meter weit se-

hen, dann war da eine schwarze Wand. Der Grund des Sees war an dieser Stelle karg und öde. Steine, Algen, ganz selten mal ein Fisch. Aber jede Menge Müll. Flaschen, Plastik, das sich in den Flechten verfangen hatte, ein Fahrrad, ein Einkaufskorb, sogar ein Kühlschrank. Peter machte mit seiner Hand den Scheibenwischer. Was für Idioten!
Doch von Ringen, Ketten, Armreifen, Uhren keine Spur. Fünfzehn Minuten vergingen und der Erste Detektiv schätzte, dass sie schon etwa den halben Weg bis zum Beginn der Strömungsmarkierung auf der Karte zurückgelegt hatten. War ihre Schlussfolgerung falsch gewesen? Justus dachte wieder an den Paläozoologen und sein Echolot. Damit hätten sie ganz einfach den Seegrund nach Unregelmäßigkeiten absuchen können. Und jetzt, wo sie wussten, wonach und vor allem wo sie suchen mussten, hätte ihnen so ein Gerät sicher gute Dienste erwiesen. Justus hielt inne. Jetzt, wo sie wussten ... Als neulich ganz Crystal Bay nach dem vermeintlichen Monster gesucht hatte, hatte bestimmt nicht nur der Paläozoologe ein Echolot an Bord gehabt ...

Während die Schläuche leise über das Gummi des Schlauchbootes scheuerten, dachte der dritte Detektiv immer noch über den Angler nach. Das Monster hatte den Mann vom Boot gerissen. Das Pappmonster? Das Latexungetüm? Unmöglich! Bob spürte, wie ihn eine Gänsehaut überlief. Was hatte den Mann dann ins Wasser gezogen?

Peter blickte nach oben. Wie tief mochten sie jetzt sein? Zehn Meter? Zwölf? Ein Fisch kam neugierig näher. Ein

Barsch, wie Peter an den Stacheln in der Rückenflosse erkannte. Glotzäugig umkreiste er die Jungen und verschwand dann wieder im Dunkeln. Ein Autoreifen lag in einer Mulde, sogar noch mit Felge. Dann mal wieder ein Stein. Ein rechteckiger, grauer Felsbrocken. Peter stieß sich daran ab und trieb sich mit seinen Flossen weiter voran. Plötzlich hielt er inne. Rechteckig? Das war kein Fels, das war …

Peter gab Justus ein Zeichen und drehte um. Als er den ›Fels‹ abermals berührte, ertastete er glatte Seitenwände, eine ebene Oberfläche. Justus richtete den Lichtstrahl auf das Objekt. Das war definitiv kein Fels. Das war … eine Kiste! Eine metallene Bootskiste! Die Jungen starrten sich durch ihre Taucherbrillen hindurch an. Justus tastete nach dem Schloss, fand dort die Reste eines Seils oder einer Schnur, hob den Deckel an und leuchtete hinein. Im gelben Licht der Taschenlampe erblickten die beiden Detektive neben verrostetem Werkzeug, einem Akkubohrer, Schrauben, Haken, Beschlägen und einem Ölkanister einen Leinenbeutel.

Peter griff danach, öffnete den Sack und Justus hielt das Licht drauf. Dem Zweiten Detektiv wäre fast der Schnorchel aus dem Mund gefallen. Ringe, Broschen, Ketten, Ohrringe, Diamanten, Edelsteine!

Justus streckte seinen Daumen nach oben und Peter jubelte, so gut das Wasser das zuließ. Sie hatten tatsächlich die Beute gefunden! Justus war allerdings ein wenig verwundert. In dem Beutel befanden sich nicht allzu viele Schmuckstücke. Er hatte mit mehr Diebesgut gerechnet.

Der Zweite Detektiv ruckelte drei Mal am Schlauch und deutete nach oben.

Justus nickte und zeigte zuerst auf Peter, den Sack und zur Wasseroberfläche, dann auf sich und über den Seegrund. Bring du die Beute schon mal rauf, ich seh mich hier unten noch kurz um.

Peter nahm den Sack und stieg langsam nach oben. Er konnte es kaum erwarten, Bob von ihrem Erfolg zu berichten.

»Dritter!«, platzte er heraus, kaum dass sein Kopf über Wasser war und er das Mundstück ausgespuckt hatte. »Wir haben die Beute! Wir haben das Zeug gefunden! Hier! Nimm und sieh es dir an!« Peter wuchtete den nassen Sack an Bord und hievte sich selbst auf den Bordrand.

»Das ist ja ein Ding! Unglaublich! Wir hatten recht!« Bob griff in den Beutel. »Eine Kette! Ein Collier! Wahnsinn!«

»Nicht wahr? Just kommt auch gleich. Mann, wir haben das Zeug tatsächlich gefunden! Wer hätte das gedacht?«

»Du, Peter, was mir gerade durch den Kopf ging, als ihr unten wart: Der Mann auf dem Boot damals –«

»Warte mal, Dritter, wer ist das?« Der Zweite Detektiv zeigte hinter Bob. Ein weißes Motorboot näherte sich mit großer Geschwindigkeit. Die beiden Jungen versuchten zu erkennen, wer der Mann in dem schwarzen Umhang darin war. Aber das erwies sich als unmöglich, denn der Mann – hatte kein Gesicht!

Justus entdeckte an der Fundstelle nichts Auffälliges mehr. Aus dem Sack war offenbar nichts herausgefallen, zumindest nicht hier.

Plötzlich ruckte sein Schlauch, drei Mal. Der Erste Detektiv blickte nach oben – und hielt inne. Undeutlich erkannte er den Rumpf eines zweiten Bootes, das sich schnell näherte. Er wollte schon aufsteigen, als er sich aus einem unbestimmten Gefühl heraus anders entschied. Er schaltete seine Lampe aus und wartete ab.

Das Boot fuhr längsseits an das Schlauchboot heran. Kurz darauf nahm Justus wahr, wie beide Boote stark schaukelten. Was war da oben los? Dann trudelte plötzlich Peters Schlauch herab und sank neben ihm zu Boden.

Ein furchtbarer Gedanke zuckte durch Justus' Kopf. Nein! Instinktiv holte er noch einmal tief Luft und drei Sekunden später passierte es: Sein eigener Schlauch schwebte ebenfalls wie in Zeitlupe zu ihm herab.

Der Erste Detektiv sah sich panisch um. Was konnte er tun? Aufsteigen! Er musste aufsteigen! Er hatte keine andere Wahl. Egal, wer da oben war, er musste rauf, um zu atmen.

Plötzlich näherte sich von vorne ein Schatten. Ein gewaltiger Schatten. Irgendetwas glitt da aus der Dunkelheit auf ihn zu, langsam, majestätisch. Justus erstarrte. Das konnte doch nicht sein! Unmöglich!

Dann sah er dieses Maul, dieses riesige Maul …

Tragkräfte

Peter und Bob fuhr das Entsetzen in die Glieder. Der Dämon! Der Dämon des Sees! Und sie saßen hier wie auf dem Präsentierteller. Als sie aus ihrer Schreckstarre erwachten, konnte der dritte Detektiv gerade noch drei Mal an Justus' Schlauch ziehen. Dann war das fremde Boot auch schon neben ihnen.

Der Mann hatte nicht wirklich kein Gesicht. Man sah es nur nicht. In schwarzes Ölzeug gehüllt, hatte er die Kapuze weit über seinen Kopf gezogen. Und als er nah genug war, erkannten die beiden Jungen, dass vor seinem Gesicht eine Art feines Netz gespannt war. Nur die Schemen von Nase und Kinn waren zu erahnen, die Augen lagen in tiefen, dunklen Höhlen.

»Rüberkommen!« Ein heiseres Fauchen drang unter dem Netz hervor. Der Fremde zog ein schweres Bootsmesser aus seinem Umhang und deutete mit der Spitze unmissverständlich auf das Schlauchboot.

»Was … was wollen Sie von uns?«, brachte Bob mühsam hervor.

»Das!« Der Mann zeigte auf den nassen Leinensack. »Mitbringen und rüber jetzt!« Dann entdeckte er Peters Schnorchelkonstruktion. Und den zweiten Schlauch. »Ist der Dritte von euch noch unten?«

»Nein.« Der Zweite Detektiv reagierte blitzschnell. »Justus ist krank, er ist zu Hause geblieben. Der andere ist mein Ersatzschlauch.«

»Na, dann brauchst du ihn ja nicht mehr. Runter damit! Mit beiden!«
Bob gefror das Blut in den Adern. »Aber es ist doch keiner mehr …«
»Runter!«, gebot der Fremde. »Los jetzt!«
In Peters Kopf rasten die Gedanken. Die Situation war ausweglos. Sie konnten nicht fliehen, sie konnten den Mann nicht überwältigen, sie konnten nichts für Justus tun. Mit zitternden Fingern bugsierte der Zweite Detektiv erst seinen und nach kurzem Zögern auch Justus' Schlauch über Bord. Dann nahm er den Beutesack und kletterte hinter Bob auf das Motorboot.
Es war nur eine Frage der Zeit, bis Justus auftauchen musste. Bestimmt hatte er mitbekommen, dass sich ein Boot genähert hatte. Doch damit, dass ihm auf einmal die Luft gekappt würde, hatte er sicher nicht gerechnet. Jede Sekunde musste er irgendwo an die Wasseroberfläche kommen. Wenn sie ganz viel Glück hatten, dann an einer Stelle, wo ihn der Fremde nicht bemerkte.
Aber Justus tauchte nicht auf. Fassungslos starrten Peter und Bob ins Wasser und versuchten gleichzeitig, sich nicht durch ihre Angst zu verraten. Der Fremde sichtete jetzt die Beute, sie lagen bestimmt schon über zwei Minuten an Ort und Stelle. Doch Justus kam immer noch nicht herauf! Links von ihnen stiegen ein paar Blasen an die Oberfläche, das war alles. Der Zweite Detektiv spürte, wie es ihm die Luft abschnürte. Als wäre er es, der dort unten am Seegrund festsaß. Zweieinhalb Minuten! Vermutlich schon drei. Justus konnte die Luft einige Zeit anhalten, aber doch nicht so lange!

Peter hielt das nicht mehr aus. »Wir müssen runter!«, schrie er. »Unser Freund ist noch da unten!«
Der Fremde sah kurz hoch. »Also doch. Sein Pech!« Er erhob sich, legte den Gashebel um und fuhr los.
»Das können Sie doch nicht tun! Da stimmt was nicht!« Bob machte einen Schritt auf den Mann zu, wurde aber sofort durch das Messer gebremst.
»Hinsetzen!«
»Aber unser Freund!«
»HINSETZEN! Und kommt nicht auf die Idee, ins Wasser zu springen, ich habe auch noch eine Knarre dabei.«
Peter und Bob drehten sich um. Da war nichts. Nur das aufgewühlte Kielwasser. Kein Justus. Solange sie die Stelle noch im Blick hatten: kein Justus. Die beiden Detektive waren wie gelähmt vor Sorge.
Nach ein paar Minuten, die Peter und Bob wie eine Ewigkeit vorkamen, drosselte der Fremde das Tempo und hielt schließlich ganz. Sie befanden sich immer noch mitten auf dem Black Lake, jetzt in seiner nördlichen Hälfte, weit weg von Crystal Bay, vom Ufer.
»Aussteigen!« Der Mann nickte zum Wasser.
»Was?«, stieß Peter hervor.
»Ihr habt schon verstanden. Los!«
»Sie sind wahnsinnig!« Bob glotzte den Mann entsetzt an.
»Mag sein. Runter von meinem Boot!«
»Aber das schaffen wir nie!« Peter zeigte zum Ufer. »Das ist viel zu weit!«
»Dann spart lieber euren Atem.« Der Mann ging mit vorgehaltenem Messer auf den Zweiten Detektiv zu.

Peter und Bob wichen zurück. Bis sie an den Bordrand stießen. Der Fremde meinte es ernst. Todernst. Über eine kleine Leiter stiegen die Jungen ins Wasser.
»Hier!« Der Mann ergriff einen Rettungsring und warf ihn ins Wasser. »Nur dieses eine Mal!« Dann wandte er sich um, begab sich zum Steuerstand und fuhr davon.
Die beiden Detektive sahen dem davonbrausenden Boot wie betäubt hinterher. Dank des Rettungsringes würden sie es wohl zum Ufer schaffen und überleben, ja. Aber nur sie.
Bob holte den Rettungsring und schwamm damit zu Peter zurück.
»Wir müssen die Stelle wiederfinden«, sagte der dritte Detektiv tonlos.
»Aber wir brauchen mindestens eine halbe Stunde dorthin! Wenn wir sie überhaupt finden. Bis dahin sind wir erfroren.« Peter würgte einen dicken Kloß hinunter, der in seinem Hals steckte. »Und Just erst recht. Wir kommen sowieso zu spät.«
»Wir müssen es versuchen. Du kennst doch unseren Ersten. Dem fällt immer was ein.« Bob versuchte zu lächeln. Es misslang ihm völlig.
Sie schwammen Richtung Süden. In einiger Entfernung konnten sie den Ausläufer des Berghanges erahnen, der *Sandy Cove* begrenzte. Etwas mehr als ein Kilometer, schätzte Peter.
Doch sie kamen nur langsam voran, der Rettungsring behinderte sie beim Schwimmen. Einer schubste den Ring immer ein paar Minuten vor sich her, dann war der andere dran. Aber zurücklassen wollten sie ihn auch nicht. Vielleicht brauchten sie ihn noch.

»Justus ist sicher aufgetaucht, ohne dass wir es bemerkt haben.«
»Ja, bestimmt.« Peter legte sich zur Abwechslung auf den Ring und trieb sich mit kräftigen Fußschlägen voran.
»Und von da zum *Sandy Cove* war es ja nicht so weit, das schafft er.«
»Ja, war nicht so weit.«
»Und dann muss er nur noch zu den Andersons laufen und Hilfe holen.«
»Richtig.«
Die Jungen versuchten sich gegenseitig Mut zu machen. Keiner wagte, das auszusprechen, was er wirklich dachte: Justus ist nicht aufgetaucht, ich hätte das gesehen. Justus war noch immer da unten, als wir die Stelle verließen.
Die Minuten verrannen. Unendlich langsam bewegten sie sich auf *Sandy Cove* zu. Es begann leicht zu regnen, der Wind nahm zu und sie kühlten nach und nach immer mehr aus. Auch die Wellen wurden höher und etliche Male bekamen sie Wasser in den Mund, verschluckten sich, husteten. Aber schlimmer noch, viel schlimmer war die grauenvolle Gewissheit, die sich allmählich in ihr Bewusstsein drängte und die ihnen jede Kraft raubte.
Auf einmal war da ein Geräusch. Ein Summen. Peter hob den Blick. Eine Wespe? Hier draußen? Hatte er jetzt schon Wahnvorstellungen?
»Peter! Hinter uns! Ein Boot!«
Ein weißes Motorboot näherte sich mit großer Geschwindigkeit, aus dem Summen wurde ein bohrendes Dröhnen. Zwei Gestalten waren an Bord. Eine winkte.

Bob schirmte mit einer Hand die Augen ab. »Kannst du erkennen, wer das – Justus!«, platzte es da aus ihm heraus. »Das sind Justus und Mac!«
»Ja! Just! Das ist er!«
Peter und Bob strahlten sich an. Ganze Gebirge purzelten von ihren Herzen. Justus lebte! Peter schrie laut auf vor Freude, umarmte Bob, beide gingen kurz unter, weil sie so nicht schwimmen konnten, kamen wieder hoch und jubelten, was das Zeug hielt!
Kurz darauf war das Boot bei ihnen. »Na, ihr Wasserratten?«, rief Mac. »Genug gebadet, oder wollt ihr noch ein bisschen drinbleiben?«
Justus stand in eine Decke gehüllt neben ihm und grinste auf seine Freunde herab. »War ich wohl wieder mal schneller als ihr. Im Wasser bin ich eben kaum zu schlagen.«
Bob lachte. »Du bist wirklich unschlagbar, Erster, absolut unschlagbar.«
Als Peter und Bob im Boot waren, reichte ihnen Mac Handtücher und holte noch den Rettungsring aus dem See. Aufmerksam drehte er ihn in seinen Händen. Aber er sah ganz gewöhnlich aus. Rot und weiß mit einer umlaufenden weißen Leine, die an Ösen befestigt war.
»Nicht zuzuordnen, oder?«, fragte Justus.
Mac schüttelte den Kopf. »Keine Signatur, keine Beschriftung. Kann jedem gehören.« Er sah die drei Jungen an. »Und ihr hattet Glück, dass der nicht euch drei tragen musste. Er ist ziemlich klein und hat kaum 200 Kilo Traglast.«
Peter lag schon auf der Zunge, dass er dann ohnehin nur für Justus gereicht hätte, aber er verkniff sich die Bemerkung. Er

war so froh, seinen Freund lebend vor sich zu sehen, dass er ihn nicht gleich wieder ärgern wollte. Das konnte warten, bis sie an Land waren.

Bob rubbelte sich die Haare trocken. »Okay, wer fängt an? Just? Was war los bei dir? Wie hast du das gemacht?«

Der Erste Detektiv hatte seinem Freund kaum zugehört. Er sah abwechselnd zum Rettungsring und zum *Sandy Cove*. Einmal ließ er seinen Blick auch über das ganze Motorboot gleiten, als sähe er so etwas gerade zum ersten Mal.

»Just?« Peter legte sich das Handtuch über die Schultern.

»200 Kilo«, murmelte der Erste Detektiv. »Traglast. Das Ahornblatt.« Wieder ging sein Blick nach rechts hinüber zum *Sandy Cove*. Und dann geradeaus zum *Pebble Beach*.

»Was ist los?«, fragte Bob. »Ahornblatt? Welches Ahornblatt?«

»Mac, lass uns nicht nach Crystal Bay zu Sheriff Rolins fahren, sondern zu dir.«

»Zu mir? Wieso?«

»Ich muss etwas bauen.«

»Bauen?« Peter blickte irritiert drein. »Was willst du denn bauen?«

»Schiffe, ich will Schiffe bauen.«

Verräterische Angst

Den ganzen restlichen Abend und einen Großteil des nächsten Tages waren die drei Detektive beschäftigt. Sie recherchierten, telefonierten, organisierten. Und konstruierten. Nach und nach fanden dabei die verschiedenen Puzzlestücke ihres Falles zueinander. Ein Detail ergab das andere, alles passte logisch und lückenlos zusammen. Bis auf eine Frage, die sich noch nicht abschließend klären ließ. Aber die Jungen hatten schon eine Idee, wie sie auch dieses Problem lösen konnten.

Gegen 18 Uhr parkte Bob seinen Käfer in der Nähe des Hafens von Crystal Bay und die drei Freunde machten sich auf den Weg ins *Captain Hook*. Der Himmel war wolkenlos, es herrschte nahezu Windstille. Perfekte Bedingungen für ihren Plan.

»Kommt Fjodor jetzt auch?«, fragte Peter.

Bob nickte. »Wahrscheinlich. Als ich vorhin mit Mac telefonierte, meinte er, dass Fjodor zugesagt habe. Wobei das nichts heißen müsse. Fjodor Kiriatov mache immer, was er wolle.«

»Dann wären alle da«, sagte Justus gut gelaunt. »Und die Show kann beginnen.«

Als die drei Jungen kurz darauf die Hafenkneipe betraten, entdeckten sie Fjodor Kiriatov gleich vorne am Tresen. Es waren also wirklich alle gekommen. Alle Fischer vom Black Lake, Sheriff Skip Rolins, Simon Pettengill vom Angelladen, zwei Hoteliers, die Dame vom Touristenbüro, ein Restaurantbesitzer, der Mann vom Kiosk, einige Leute, die Fremdenzimmer anboten, und natürlich Mac. Aber die meisten von ihnen waren ohnehin nur zur Ablenkung da …

Die drei Jungen blieben gleich beim Eingang stehen und nickten Mac zu, der mit Ned an einem Tisch saß. Dann verschaffte sich Justus Gehör. »Meine Damen, meine Herren! Darf ich um Ihre Aufmerksamkeit bitten?«

Das Gemurmel im Raum wurde leiser, alle Gesichter wandten sich den drei ??? zu. Einige der Blicke waren neugierig, andere misstrauisch, der von Fjodor war dunkel und unergründlich.

»Ich möchte mich zunächst bei Ihnen bedanken, dass Sie alle heute Abend hier erschienen sind. Wir wissen das wirklich zu schätzen, zumal man Ihnen ja keine genauen Gründe für dieses Treffen genannt hat.«

»Mac sagte, ihr könnt die Sache mit dem Monster erklären«, rief der Mann vom Kiosk hinein.

»Unter anderem, ja. Es werden jedoch auch einige andere Dinge zur Sprache kommen, die vermutlich nicht allen hier drin gefallen werden.«

»Was soll das heißen?«

»Wem? Wem wird das nicht gefallen?«

»Wovon sprichst du, Junge?«

Justus hob die Hände. »Bitte, meine Herrschaften, bitte! Wir werden jede Frage beantworten. Und um mit der ersten zu beginnen, ist es leider unerlässlich, dass wir uns alle aufs Wasser begeben. Wenn Sie uns bitte folgen wollen?«

Erneut brandete Unruhe auf, Köpfe wurden geschüttelt, Schultern gezuckt.

»Ach komm! Was soll denn das?«
»Ich hab für so einen Unsinn keine Zeit.«
»Mach dich nicht so wichtig, Junge!«
Damit hatten die drei ??? gerechnet. Die Begeisterung hielt sich sehr in Grenzen. Aber es musste sein.
»Bitte!«, hob Bob an. »Das ist unbedingt nötig. Sie werden es verstehen.«
»Oh Mann!«
»Kinderkram!«
Es kostete die Jungen noch einige Überredung und wiederholtes inständiges Bitten, bis sich endlich alle aus der Kneipe und auf den Kai bequemten. Mac hatte draußen schon alles veranlasst, sodass genügend Boote und Kutter abfahrbereit an den Piers zur Verfügung standen. Einige murrten immer noch, als sie einstiegen, doch nach und nach begaben sich alle an Bord. Alle bis auf einen.
»Mr Pettengill, darf ich bitten?« Peter wies lächelnd auf den Landungssteg, der auf die *Amy* führte.
Der Mann schwitzte und hatte wieder ein puterrotes Gesicht. Wie damals, als ihm die Bierdosen ins Hafenbecken gefallen waren. »Ich … möchte … nicht.«
Grady konnte erneut nicht an sich halten. »Komm schon, Simon. Nur dieses eine Mal! Wir passen doch alle auf dich auf! Gib dir 'nen Ruck!«
Simon Pettengill blinzelte nervös und trat wieder einige Schritte zurück. »Nein, nein, ich will das nicht.«
»Aber der See ist absolut ruhig, Mr Pettengill«, sagte Bob. »Sehen Sie doch! Eine einzige spiegelnde Fläche.«
»Lass … lass mich in Ruhe!«

Justus machte einen Schritt auf ihn zu. »Könnte es sein, Mr Pettengill, dass Sie Angst vor dem Wasser haben? Dass Sie unter einer sogenannten Wasserphobie leiden?«

Pettengill starrte aufs Wasser, nickte schwach. »J…ja, ja, ich kann das nicht.«

»Damit sind Sie der Einzige hier«, stellte Bob fest und zeigte demonstrativ auf die anderen Anwesenden.

»Ja … ja und? Ich mag es eben nicht, das Wasser.«

Justus winkte wieder Richtung Hafenkneipe. »Vielen Dank, meine Damen und Herren, unser kleines Experiment ist zu Ende. Sie können sich jetzt wieder ins *Captain Hook* begeben. Wir werden dort fortfahren, dort ist es für alle Beteiligten sicher komfortabler.«

»Was soll denn das jetzt?«

»Willst du uns veräppeln?«

Einer der Hoteliers und der Mann vom Kiosk zeigten sich genervt von dem Hin und Her. Die anderen wirkten inzwischen eher nachdenklich und gespannt. Simon Pettengill entfernte sich so schnell wie möglich vom Wasser.

Als die drei Detektive wieder die Kneipe betraten, befand sich ganz hinten in der Ecke ein neuer Gast. Er saß mit dem Rücken zu ihnen, hatte eine Kapuze über den Kopf gezogen und las in einer Zeitung. Die drei Jungen nickten sich zu.

»Wir können hier nicht weitermachen!«, rief Grady und zeigte auf den Neuankömmling. »Muss ja nicht jeder wissen, was hier bei uns los ist, oder?«

»Das hat schon seine Richtigkeit«, entgegnete Bob. »Diesen Herrn haben wir ebenfalls eingeladen, er wird später zu uns stoßen.«

»Hm«, grunzte Grady und beäugte den Fremden argwöhnisch. Auch einige der anderen warfen skeptische Blicke in die Ecke.
Die drei Jungen traten in die Mitte des Raumes und Justus ergriff wieder das Wort. »Das kleine Experiment, meine Damen und Herren, das Sie eben erlebt hatten, sollte nur untermauern, wovon wir vor einigen Nächten am Black Lake zufällig Zeugen geworden sind.«
Der Erste Detektiv berichtete in knappen Worten von ihrer Beobachtung am *Pebble Beach* und Peter steuerte die lückenhafte Unterhaltung bei, die er mitbekommen hatte, wobei er den Hinweis eines der Männer auf das Pappmonster noch aussparte. Aufmerksam hörten ihnen die Anwesenden zu.
»Zwei Männer suchten also auf oder im See nach etwas«, fasste Peter noch einmal das Wesentliche zusammen. »Aber einer blieb an Land, obwohl er dem anderen offenbar ganz und gar nicht traute. Wiederholt zweifelte er dessen Aussagen an, wie ich Ihnen gerade geschildert habe. Da stellt sich natürlich die Frage, warum er nicht mit rausfuhr und die beiden stattdessen dieses extrem auffällige Lichtergeblinke veranstalteten. Der See war ruhig, niemand war in der Nähe. Die Antwort liegt auf der Hand: Der Mann an Land traute sich nicht aufs Wasser!«
Gemurmel kam auf. Pettengill sah sich beunruhigt um, während ihn die anderen ihrerseits mit fragenden Blicken musterten.
»Okay, vielleicht war der Mann an Land Simon«, rief Grady. »Aber was hat das mit dem Monster zu tun?«

»Ich war das nicht!«, protestierte Pettengill.
Justus ging darauf nicht ein. »Die Geschichte geht weiter. Das Boot, von dem das Licht ausgesandt wurde, befand sich in etwa an der Stelle, wo wir gestern auf dem Grund die Beute der Ganoven gefunden haben, die vor vierzehn Jahren auf dem See geschnappt wurden.«
Es wurde laut im *Captain Hook*. Großes Erstaunen machte sich breit. Einige wenige wussten bereits, was gestern geschehen war, Sheriff Rolins zum Beispiel, aber für die meisten war das eine völlig neue Information.
»Ihr habt die Beute von den Kerlen?«, rief Chris.
»Haben wir.« Bob nickte.
Peter wandte sich abrupt Pettengill zu. »Sie erinnern sich doch an die Geschichte, oder?«
Simon Pettengill zuckte zusammen. »N…nein, ich … bin noch nicht so lange hier.« Der Mann log, das sah man ihm deutlich an. Aber er tappte nicht in die Falle.
»Ach ja«, meinte Bob. »Seit knapp zwei Jahren, nicht wahr? Seltsam.« Der dritte Detektiv gab sich verwundert. »Wieso macht jemand, der panische Angst vor dem Wasser hat, sein Geschäft ausgerechnet an einem Hafen auf?«
»Das … geht dich gar nichts an.«
Die Blicke, die auf Pettengill gerichtet waren, wurden irritierter. Einige tuschelten miteinander.
»Ich kann Ihnen sagen, weshalb Sie hierherzogen, Mr Pettengill«, ergriff Justus wieder das Wort. »Sie wollten sich die Beute holen! Sie wussten von dem Schatz und Sie hatten auch erfahren, wo danach zu suchen war. Deswegen sind Sie hier in Crystal Bay!«

»Das ist völliger –« Pettengill atmete heftig, sein Blick flog unstet umher. »Wie kannst du es wagen, mir solche Dinge zu unterstellen!«

»Aber Jungs«, meldete sich Ned Land zu Wort. »Wie hätte Simon oder irgendwer wissen sollen, wo genau die Klunker lagen? Glaubt ihr, dass die Ganoven damals ihre Beute versenkt und die Stelle per GPS vermerkt haben, während ihnen die Polizei am Hintern klebte? Die hatten doch sicher anderes zu tun. Woher wusstet *ihr* überhaupt, wo ihr suchen musstet?«

Justus lächelte siegesgewiss. »Gegenfrage: Wer von Ihnen hat ein Echolot an Bord?«

»Bitte?«

»Ein Echolot. Ein elektroakustisches Gerät zur Messung der Wassertiefe, zur Ortung von Fischen oder zur Untersuchung des Seegrundes. Sie wissen selbst am besten, was man damit alles machen kann.«

Zögerlich meldeten sich fünf Hände. Alle Fischer vom Black Lake hatten so ein Gerät an Bord.

»Die Ganoven haben sich seinerzeit wohl nur ungefähr merken können, wo sie die Beute in den See warfen«, sagte Bob. »Landmarkierungen, geschätzte Entfernungen, etwas in dieser Art diente ihnen vermutlich als Orientierung. Doch wenn man diese Informationen hat, kann man mithilfe eines Echolotes den Grund auf passende Unregelmäßigkeiten absuchen. Zum Beispiel auf den regelmäßigen viereckigen Schatten einer Bootskiste, der da nicht hingehört.«

»Die haben eine Bootskiste versenkt?«, rief Grady. »Die Beute war in einer Bootskiste?«

Justus nickte. »Mit allem, was an Bord war und die Kiste beschwerte, sodass sie auf den Grund sank.«
»Aber … aber das hätten doch selbst wir Landratten gemerkt, wenn da ein Fremder mit einem Boot tagelang an einer bestimmten Stelle auf dem See hin und her gefahren wäre«, wandte die Dame vom Tourismusbüro ein. »Wir kennen uns hier alle, so etwas wäre aufgefallen. Oder erinnert sich jemand an so ein Boot?« Die Frau blickte sich um, erntete aber nur Kopfschütteln.
»Sie haben recht.« Justus wartete einen Moment, schien nachzudenken. »Das wäre Ihnen gewiss aufgefallen, Madam. Es sei denn … alle Welt hätte für zwei Tage ein Monster im Black Lake gesucht!«

Der Kapuzenmann

Die Aufregung war enorm. Jemand hatte ganz Crystal Bay an der Nase herumgeführt? Ach was, Crystal Bay! Das ganze Land, die ganze Welt! Mit einem Monster, das nur der Ablenkung diente, um in Wirklichkeit unbemerkt nach einer Bootskiste voller Juwelen zu suchen? Ungeheuerlich!

»Also, ihr behauptet, dieser Gummidrache hatte den Zweck, dass irgendwer in der Meute der ganzen anderen Boote über den See tuckern und unbemerkt per Echolot nach der Kiste suchen konnte?« Der Glatzkopf mit den meisten Fremdenzimmern in Crystal Bay sah die Jungen so böse an, als wären sie dafür verantwortlich.

Peter nickte. »Davon gehen wir aus, ja. Und als die Beute entdeckt war, konnte das Monster wieder von der Bildfläche verschwinden, weil es seine Aufgabe erfüllt hatte.«

»Aber Simon tunkt keinen Zeh ins Wasser, das wissen wir doch alle und ihr habt es ja selbst eben bewiesen. Wie stellt ihr euch das vor?«, wandte Chris ein.

»Mr Pettengill hatte einen Helfer. Den Mann nachts im Boot. Und ich habe in jener Nacht übrigens auch gehört, wie die beiden das Monster erwähnten. Pettengill und sein Komplize stecken hinter dem Pappkameraden!«

»Leute!« Simon Pettengill ging nun in die Offensive. Er breitete die Arme aus, lächelte verschwommen und fixierte den einen oder anderen. »Ihr glaubt doch den ganzen Mist nicht wirklich, oder? Diese drei Möchtegerndetektive spielen sich doch nur auf!«

»Simon!« Sheriff Rolins erhob sich. »Sei ehrlich! Hast du mit alldem etwas zu tun?«
»Nein, zum Teufel noch mal! Hab ich nicht! Ihr kennt mich doch, Leute!«
»Aber *ich* glaube, dass du dahintersteckst, Onkel Simon!« Wie auf ein Kommando drehten sich alle um, jeder schaute nach hinten in die Ecke des *Captain Hook*. Dort hatte sich der Mann mit der Kapuze erhoben, die er jetzt langsam von seinem Kopf streifte.
Simon Pettengill fiel der Unterkiefer herab. »Dani? Bist du das?«
»Hallo, Onkel Simon.« Der junge Mann kam nach vorne. Er war Anfang zwanzig, hatte blonde Haare und ein freundliches Gesicht, das jedoch im Augenblick sehr bedrückt wirkte. »Du hast nie aufgegeben, oder?«
»D…Dani? Dani?« Pettengill blinzelte und versuchte zu lächeln. »Was machst du hier?«
»Dir das Handwerk legen.«
»Wovon sprichst du, Dani?«
»Du hast mich so oft gelöchert!« Daniel Wetmore verzog sein Gesicht und gab seiner Stimme einen weinerlichen Klang. »›Weißt du, was Daddy mit dem Schatz gemacht hat?‹, ›Hat Daddy dir was erzählt?‹, ›Hat Daddy dir geschrieben?‹.« Sein Blick verdüsterte sich. »Damals fand ich das nur nervig. Aber jetzt weiß ich, dass du niemals Ruhe gegeben hast!«
Die drei ??? folgten wie alle anderen im Raum gespannt der Unterhaltung. Niemand sagte etwas, keiner nahm einen Schluck aus seinem Glas, alle Blicke waren auf Simon Pettengill und seinen Neffen gerichtet. Doch im Unterschied

zu den anderen Anwesenden kannten die drei Jungen bereits den Hintergrund des Gesprächs. Als sie gestern Abend noch einmal mit Cynthia Wetmore hatten telefonieren wollen, um dem Geheimnis der rätselhaften Sprache auf die Spur zu kommen, hatte nicht sie sich am Apparat gemeldet, sondern ihre Mutter. Mit dem Namen Heather Pettengill.

War Cynthia Wetmore etwa verwandt mit Simon Pettengill? So häufig kam dieser Name sicher nicht vor. Die Verbindung bestätigte ihnen kurz darauf Cynthia Wetmore selbst. Simon Pettengill war ihr Bruder. Und da war Justus kurz darauf die Bedeutung der Wasserphobie von Simon Pettengill klar geworden. Ein folgendes Telefonat mit Daniel Wetmore hatte zu weiteren Vermutungen geführt, was die Geheimsprache anbetraf. Daniel Wetmore hatte sich auch sofort bereit erklärt, nach Crystal Bay zu kommen, und war heute Morgen in Seattle ins Flugzeug gestiegen.

»Dani! Mein lieber Dani!«

»Hör doch auf mit dem Schmus!« Daniel Wetmore machte eine verärgerte Handbewegung. »*Lieber Dani!* Wo warst du, als Mum und ich dich gebraucht hätten? Und hast du meinen Vater jemals im Knast besucht? Hast du?«

Simon Pettengills Miene versteinerte.

»Aber du hast Dads Briefe gefunden, nicht wahr?

»Briefe? Welche Briefe?«

»Tu nicht so scheinheilig! Mum hat die Briefe heute aus der Besenkammer geholt. Sie hatte alle chronologisch geordnet. Aber jetzt fehlten zwei, und die Reihenfolge der Briefe aus Dads letzten Monaten stimmte auch nicht mehr ganz. Sie ist sich absolut sicher, dass nur du da dran gewesen sein kannst!«

Simon Pettengill schwieg. Und Peter hatte den Eindruck, dass die anderen Anwesenden langsam auf ihn zurückten. Der Kreis wurde enger.

»Sie kannten die Geheimsprache, nicht wahr?«, fuhr nun Justus fort. »Die Sprache, die sich Paul Wetmore für sich und seinen Sohn ausgedacht hatte. So schwierig ist sie ja nicht, wenn man einmal das Prinzip kennt. Setze für D einen Dichter ein, für A ein Auto, für N eine Nudel und für I ein Instrument. *Mark Twains Ford hasst Spaghetti und Geigen*. Ergibt DANI. Die Unterschrift auf einem Bild in Mrs Wetmores Küche.«

Ned Land schüttelte den Kopf. »Jetzt kann ich euch nicht mehr folgen? Worum geht's hier?«

Der Erste Detektiv holte einen der Briefe hervor, die sie aus dem Gefängnis mitgenommen hatten. »Paul Wetmore, einer der drei Juwelendiebe, hat seinem Sohn kurz vor seinem Tod per Brief Hinweise geschickt, wo die Beute damals versenkt wurde«, erklärte Justus. »In einer Geheimsprache, die sich für die Gefängnisleitung wie wirres Zeug las, was man wiederum seiner fortschreitenden Krankheit zuschrieb und nicht weiter beachtete.«

»Und diese Geheimsprache funktioniert mit Anfangsbuchstaben?«

»Ja«, bestätigte Daniel Wetmore. »Dad hatte eine Vorliebe für Geheimsprachen. Ich liebte das als Kind. Also erfand Dad eine einfache Sprache nur für uns und gestaltete sie gleichzeitig so, dass ich etwas lernte. Brauchte man ein B, musste man zum Beispiel einen Baum einsetzen. Oder ein Land für ein L. Wenn ich nicht immer dasselbe schreiben wollte, musste ich also möglichst viele Bäume oder Länder kennen.«

Justus wedelte mit dem Brief. »Hier drin steht zum Beispiel: ›Kiefern in Holland lieben Cadillacs und Peanuts in Gouda‹.«

Ned dachte kurz nach. »Ein B, ein L, ein A. Wofür stehen Peanuts? Nüsse? Ein N?«

Daniel schüttelte den Kopf und lächelte. »Für ein C. Gemeint ist die Comicserie, nicht die Erdnuss.«

Ned runzelte die Stirn. »Und ein K für Käse. BLACK. Der Satz bedeutet BLACK!«

Justus nickte. »Und kurz darauf folgt LAKE. Dieser Brief verweist auf den Black Lake. Verstreut über seine letzten Briefe beschreibt Paul Wetmore dann mit Bezug auf einige landschaftliche Konstanten recht genau, wo Daniel suchen musste.«

Erste Rufe wurden in der Kneipe laut. Ungehaltene Rufe, zornige Rufe. Simon Pettengill zog den Kopf ein und vermied es, irgendjemanden anzusehen.

»Aber Daniel bekam diese Briefe nie zu Gesicht«, fügte Peter hinzu. »Ganz im Gegensatz zu Mr Pettengill. Er besuchte seine Schwester regelmäßig in Santa Barbara und fand irgendwann die Kiste in der Besenkammer.«

»Dann setzte er die Hinweise Stück für Stück zusammen«, fuhr Justus fort, »und ersann einen Plan, der ihn an die Beute bringen sollte.«

Sheriff Rolins trat an Simon Pettengill heran, der auf seinen Stuhl gesunken war. »Simon!«, war alles, was er sagte.

Simon Pettengill sah nicht auf. Er atmete schwer, wischte sich die dünnen Haare aus der Stirn, stierte zu Boden.

»Simon!«, wiederholte Rolins nachdrücklicher.

Pettengill schlug die Hände vors Gesicht. »Es tut mir so leid«, flüsterte er, »so leid.«

»Idiot!«, fauchte Mac.

Die anderen in der Gaststätte schwiegen. Aber das Gewicht ihrer Blicke ließ Simon Pettengill auf seinem Stuhl förmlich zusammenschrumpfen.

»Und der Komplize?«, fragte Ned schließlich in die wütende Stille hinein. »Wer ist der Kerl? Simon! Sprich!«

Pettengill schüttelte nur den Kopf.

»Mach den Mund auf, Simon! Wird's bald?«

Pettengill blickte hoch. In seinen Augen glomm Verunsicherung auf. Doch er blieb weiter stumm.

»Wieso deckst du den Kerl?«, fragte Grady.

Die drei ??? blickten sich an. Jetzt kam es darauf an.

Justus ergriff das Wort. »Womöglich hilft uns ein zweites Experiment, die Identität des Komplizen zu klären. Doch keine Sorge, wir müssen dazu nicht noch einmal nach draußen. Alles, was wir brauchen, sind ein Blatt Papier und ein Stift.«

Eine knallharte Handschrift

»Gehen wir aber zunächst noch einmal zurück zu jener Nacht, als wir auf die Signallichter aufmerksam geworden sind.« Justus begann langsam hin und her zu wandern. »Mr Pettengill war verwirrt, wie wir hörten. Sein Komplize kam ohne die Beute zurück, was Mr Pettengill kaum glauben wollte.« Er wandte sich Pettengill zu. »Ihr Kompagnon hatte Ihnen doch mitgeteilt, dass er die Kiste klar lokalisiert hatte! War es nicht so, Mr Pettengill?« Justus blickte auf Pettengill hinab. Aber der schwieg weiter wie ein Grab.

»Nun gut. Bob?«

Der dritte Detektiv trat nach vorne und hielt zwei unbeschriebene weiße DIN-A4-Blätter in die Höhe. Deutlich war zu erkennen, dass die Blätter von Hand gefaltete Knicke aufwiesen. »Die haben wir am *Sandy Cove* gefunden. Und noch ein paar mehr davon. Zunächst hat uns allerdings nur der Smaragdring interessiert, den wir dort am Strand gefunden haben. Die Polizei hat ihn schnell als Teil der Beute identifiziert.«

»Verschiedene Umstände weisen außerdem darauf hin, dass Ben dem sogenannten Dämon ebenfalls dort begegnet ist«, ergänzte Peter.

»Sind dieser Dämon und der Komplize vielleicht ein und derselbe Scheißkerl?«, fragte der zweite anwesende Hotelier, ein schmaler Mann mit Backenbart.

Einhelliges Nicken rundum. Was Ben widerfahren war, hatte keinen Bewohner von Crystal Bay gleichgültig gelassen.

»Das ist anzunehmen«, erwiderte Bob. »Aber zurück zu diesem Papier. Wie kam es zum *Sandy Cove*? Naheliegend ist, dass es die Strömung dorthin getrieben hat. Und wie Sie an den Knicken erkennen können, war das Papier zuvor gefaltet.«

»Was hat das damit zu tun?«, fragte Chris.

Justus übernahm. »Gestern Abend haben wir uns hingesetzt und Papierschiffe gebastelt. Was schätzen Sie, kann ein Blatt Papier dieser Größe an Gewicht tragen, wenn man ein ordentliches Schiff daraus baut?«

Verschiedene Zahlen wurden in den Raum gerufen.

»Ich sage es Ihnen. Circa 2,5 Kilogramm!«

»So viel?«, rief die Frau vom Touristenbüro erstaunt.

»So viel.« Der Erste Detektiv nickte bedeutungsvoll. »Genug, um jeweils einen Teil der Beute auf ein Papierschiffchen zu legen und es dann mit der Strömung an den Strand tragen zu lassen. Dort sammelt man die einzelnen Schmuckstücke bequem und unauffällig ein, faltet dabei die Papierbögen wieder auseinander, um auch nicht den kleinsten Edelstein in einem Knick zu übersehen, und lässt die Blätter dann achtlos am Strand zurück.«

Es dauerte ein paar Sekunden, bis die Anwesenden verstanden, was der Erste Detektiv da eben von sich gegeben hatte. Simon Pettengill starrte Justus an wie eine Erscheinung.

»Moment, Moment!« Ned Land legte die Stirn in Falten. »Ihr denkt, der Typ hat Simon übers Ohr gehauen, indem er die Klunker auf ein Papierschiffchen geladen hat und zum *Sandy Cove* hat treiben lassen, statt sie zu Simon an den Strand zu bringen?«

»Genau. Er tat so, als suche er nach der Beute, holte bei jedem Tauchgang jeweils einen Teil herauf, verlud ihn auf ein Papierschiff und kam ohne Schmuckstücke zurück.«

»Und Ben ...« Mac musste erst einmal Atem holen, so wütend war er. Diesen Teil der Geschichte kannte auch er noch nicht. »Ben kam ihm am *Sandy Cove* in die Quere, als er die Beute einsammeln wollte, und da hat er ihn – oh, dieser Mistkerl! Wenn ich den in die Finger kriege!« Mit blitzenden Augen sah er sich im Raum um. War der Dämon, der Komplize wirklich hier unter diesen Menschen?

»Aber wieso er das machen so kompliziert?« Zum ersten Mal meldete sich Fjodor Kiriatov zu Wort. »Warum nicht tauchen nach Schmuck, stecken in Tasche und gehen an Land?«

»Tagsüber wäre das viel zu auffällig gewesen«, erwiderte Bob. »Ein Kutter bleibt längere Zeit an einer Stelle, ein Mann taucht runter, bringt etwas mit rauf ... Jeder an Land hätte sehen können, dass da etwas Ungewöhnliches im Gange ist. Vor allem Mr Pettengill, der den See von seinem Laden aus bestens im Blick hat.«

»Und irgendwann alleine nachts rauszufahren, wäre auch riskant gewesen«, sagte Peter. »Er musste damit rechnen, dass ihn Mr Pettengill immer im Auge hatte. Und so, wie der Kerl es durchgezogen hat, war es ja elegant gelöst. Mr Pettengill wusste von all seinen Tauchgängen und sah dennoch nicht, was tatsächlich da draußen vor sich ging.«

»Ich habe beide Male das Boot durchsucht, wenn er zurück war«, knurrte Simon Pettengill unvermittelt. »Unter dem Neoprenanzug konnte er ja nichts verstecken. Diese Ratte.«

»Wer ist es? Wer?« Mac packte ihn an der Schulter.

Simon Pettengill würgte ein bitteres Lachen hervor. »Ich bin doch nicht bescheuert! Der Kerl macht mich kalt, wenn ich ihn verpfeife.«
»Wir passen schon auf dich auf!«, rief Ned Land.
»Ach ja? Auch in ein paar Jahren, wenn er wieder aus dem Knast kommt? Nein danke. Ich bin nicht lebensmüde.«
»Können Sie zumindest bestätigen, dass Ihr Komplize Papier dabeihatte, als er ins Boot stieg?«, fragte Peter.
»Ich sag gar nichts mehr. Kein Wort.«
»Das ist auch nicht nötig.« Justus holte einen Block Schreibpapier hervor. »Auf einem der Blätter, die wir am *Sandy Cove* eingesammelt haben, war eine kurze handschriftliche Notiz. Etwas verschwommen und für sich genommen unbedeutend. Aber wenn wir die gleiche Handschrift noch einmal finden, haben wir vermutlich den Komplizen.«
Bob zückte einen Stift. »Wir bitten nun jeden im Raum, folgenden Satz auf diesen Block hier zu schreiben: ›Ich bin der Komplize von Simon Pettengill.‹ Mithilfe eines befreundeten Grafologen wird es uns möglich sein, eine etwaige Übereinstimmung festzustellen. Wer beginnt?«
Mac kam sofort an den Tisch und schrieb. Hinter ihm stellte sich Ned an, dann Grady, dann Chris.
»Und ihr denkt, das funktioniert?«, fragte der Mann vom Kiosk. »So was geht doch nur im Film.«
»Nein, Max, das geht auch in Wirklichkeit«, informierte ihn Sheriff Rolins. »Die Jungs haben schon recht.«
Auch die restlichen Anwesenden erhoben sich von ihren Plätzen und bildeten eine kleine Schlange hinter dem Tisch, auf dem der Block lag. Die drei ??? standen daneben und sahen

jedem zu, wie er den Satz zu Papier brachte. Zögerte jemand? Versuchte jemand, seine Schrift zu verändern?
Zunächst lief alles reibungslos. Auch Pettengill zeigte keinerlei Reaktion, blickte zu niemandem verstohlen hin. Einer nach dem anderen schrieb seinen Satz.
Dann passierte es. Noch sieben Personen standen in der Reihe an, als sich die letzte von ihnen plötzlich umdrehte und zum Ausgang schlenderte. Niemand wunderte sich zunächst darüber. Der Mann ging langsam. Und wenn jemand Grund hatte, sich hier drin frei hin und her zu bewegen, dann er.
Nur die drei ??? erkannten sofort, was vor sich ging.
»Mr Farragut?«, rief Peter. »Wo wollen Sie denn hin?«
Der Wirt drehte sich um und warf den Jungen einen wutentbrannten Blick zu. Dann stürmte er zur Tür.
»Haltet ihn!« Bob zeigte auf den Flüchtenden.
»Geoff?« Ned war so erstaunt, dass er sich nicht vom Fleck rührte. Auch die anderen im Raum konnten nicht glauben, was sie da sahen. Geoff Farragut? Ihr Wirt?
Blitzschnell war Farragut beim Ausgang. Peter hatte sich zwar gleich an die Verfolgung gemacht, aber hier drin würde er ihn nicht mehr schnappen.
Plötzlich trat ein Schatten neben dem Eingangsvorhang hervor. Farragut entdeckte ihn, stoppte kurz und brachte noch einen erstaunten Laut hervor. Dann traf ihn eine Faust mit voller Wucht und schleuderte ihn in den Raum zurück. Stühle barsten, als der Mann in sie hineinkrachte.
Mac Anderson stellte sich über den Ganoven und schüttelte mit schmerzverzerrtem Gesicht seine Faust. »Das war für Benny, du verdammter Mistkerl!«

Peter knackt den Weltrekord

Einige Tage später machten sich die drei Detektive wieder auf den Weg zu den Andersons. Mac und Leah hatten sie zu Tee und Kuchen eingeladen. An einem festlich gedeckten Tisch am Wasser sprachen sie noch einmal über den zurückliegenden Fall und klärten letzte Fragen, während Benny selbst gebaute Papierschiffchen schwimmen ließ. Dem Jungen ging es mittlerweile etwas besser, auch wenn er nach Auskunft von Leah nachts noch immer unruhig schlief.

»Dieser Irschuchen if faft beffer als er von einer Ante«, sagte Peter mit vollem Mund und zeigte auf seinen Teller.

Justus grinste. »Das darfst du ihr aber nicht sagen, sonst hast du das letzte Mal Kirschkuchen bei uns gegessen.«

Leah lachte. »Danke dir. Möchte noch jemand Tee? Oder Limonade?«

Während seine Frau nachschenkte, überlegte Mac, was ihm noch unklar war. »Okay, geatmet hast du da unten aus einem alten Autoreifen.« Er sah Justus an. »Sehr clever. Wie kamst du denn auf diese irre Idee?«

Der Erste Detektiv zuckte die Schultern. »Hab ich mal in einem Film gesehen … Und mir ist Peter eingefallen, der vor einiger Zeit versucht hat, einen Fahrradreifen aufzublasen.«

»Du bläst Fahrradreifen auf?« Leah grinste Peter an.

Der Zweite Detektiv schaute verlegen auf seinen Teller. »War nur so'n Versuch.«

Mac wandte sich wieder an Justus. »Aber eine Menge Glück war da auch dabei!«

»Kann man wohl sagen.« Der Erste Detektiv kratzte seinen Teller sauber. »Hätte der da nicht gelegen oder wäre keine Luft mehr drin gewesen, wär wohl alles anders ausgegangen.«

»Und die Tragkraft hat dich dann auf die Idee mit den Papierschiffchen gebracht.«

»Richtig. Ich erinnerte mich zuerst an das Ahornblatt, auf das Peter und Bob damals die Steinchen geworfen haben und das einen der Steine trug, und dann an einen Artikel, den ich mal über solche Papierschiffchen gelesen habe.«

Mac starrte finster in seinen Kaffee. »Geoff! Dieser Schuft! Ich könnte ihn … ach!«

Leah fasste ihren Mann behutsam am Arm. »Ist ja gut, mein Herz. Beruhige dich.«

Mac knurrte. »Gestern haben wir sein Motorboot in einem Schuppen am Ostufer gefunden. Samt Echolot. Keiner wusste von diesem Boot und niemandem ist es bei der Suche nach dem Monster oder danach aufgefallen!«

»Durchaus nachvollziehbar angesichts der ganzen Aufregung und Hektik, die herrschte.« Bob blickte Mac verständnisvoll an.

»Pettengill und Farragut sind sich übrigens über gemeinsame Bekannte nähergekommen«, sagte Peter. »Farragut wurde vor knapp 14 Jahren aus Sellamoore entlassen, wo er wegen gefährlicher Körperverletzung einsaß. Kurz vorher lernte er dort noch Pantano, Scrab und Wetmore kennen, und als Pettengill das erfuhr, als er vor zwei Jahren nach Crystal Bay zog, kamen die beiden ins Geschäft.«

»Und Farragut kennt die Strömungsverhältnisse mindestens

so gut wie du oder Ned oder Grady«, ergänzte Bob. »In seiner Wohnung wurde jede Menge Kartenmaterial gefunden. Und Papierschiffmodelle ohne Ende. Er hat also tatsächlich zunächst die Kiste unter Wasser an eine geeignete Stelle gebracht und dann in den beiden Nächten, in denen er mit Pettengill seine Aktion durchführte, die Beutestücke nach und nach auf Papierschiffchen in die Strömung gesetzt. Jedes Mal, wenn er runtertauchte, um so zu tun, als suche er nach der Kiste, holte er gut zwei Kilo an Diebesgut vom Seegrund. Da kommt einiges zusammen.«

»Deswegen war auch nur Amanda damals bei der Feier im *Captain Hook*«, fiel Leah ein. »Hat mich schon gewundert.«

Justus schürzte anerkennend die Lippen. »Im Grunde ein sehr kreativer Plan.«

Mac warf ihm einen bösen Blick zu. »Kreativ wäre ich auch, wenn ich ihn zu fassen bekäme! Dieser Hund!«

Leah schüttelte den Kopf. »Vergiss ihn, Schatz. Mit Farragut ist nicht zu spaßen. Simon wollte ihn ja auch auf keinen Fall verraten aus Angst vor Rache.« Sie streichelte die Hand ihres Mannes, die immer noch bandagiert war.

Erneut knurrte Mac und sah auf seine lädierte Faust.

Leah wandte sich an die Jungen. »Woher wusste Farragut eigentlich, dass ihr da draußen nach der Beute sucht?«

»Pettengill hat es ihm gesteckt«, erwiderte Peter. »Er hat uns vom Laden aus beobachtet und roch Lunte.«

»Aha.« Leah lehnte sich zurück. »Aber euer Meisterstück habt ihr mit diesem Handschrift-Bluff abgeliefert. Einfach genial! Geoff vorzumachen, dass auf einem der Papiere etwas stand. Wer von euch hatte denn die Idee?«

Die drei Detektive sahen sich an. Dann grinsten sie und jeder deutete auf einen anderen. Leah lachte und auch Macs Gesicht hellte sich auf.
Als schließlich Limonade und Kirschkuchen alle waren, wollte Peter unbedingt noch einmal ins Wasser.
»Heute ist so ein herrlicher Tag. Ich könnte es mir nie verzeihen, wenn ich nicht noch ein paar Runden geschwommen wäre.« Der Zweite Detektiv zog sein T-Shirt aus und lief zum Steg. Die Badehose hatte er schon an.
Bob sah seinem Freund hinterher. »Ach ja, Just. Als ihr beide da unten wart, musste ich noch einmal an den Angler denken. Was mir komisch vorkam: Das Pappmonster kann es doch nicht gewesen sein, das ihn vom Boot gezogen hat!«
Justus nickte. »Nein, aber ich weiß vielleicht, was es war.«
Alle sahen ihn aufmerksam an.
»Nämlich?«, fragte Mac.
»Es gibt ein Monster im Black Lake.«
Bob zuckte zusammen. »Was?«
»Ja, ich bin ihm da unten begegnet. Kurz nachdem der Gartenschlauch an mir vorbeigetrudelt ist. Ein über vier Meter langes Monster.«
»Du … du nimmst uns auf den Arm?« Leah blickte besorgt zu Ben, der immer noch am Ufer spielte.
»Gewiss nicht.«
Bob sah Peter hinterher, der eben ins Wasser stieg. »Just, was war da?«
»Ich bin auch erst zu Tode erschrocken«, fuhr der Erste Detektiv fort. »Aber dann erkannte ich, dass es sich um einen Stör handelt. Einen riesigen, weißen Stör.«

»Wirklich?« Mac rutschte auf seinem Stuhl nach vorne. »So groß? Ich weiß von Exemplaren um die anderthalb Meter. Aber ich dachte mir schon, dass es da größere geben muss. Die Tiere wurden vor über 80 Jahren in den See gesetzt. Dass es davon noch welche gibt … Das größte je gefangene Exemplar war meines Wissens über sechs Meter lang.«
Justus nickte. »Der größte Süßwasserfisch der Welt.«
»Und die … tun nichts?« Leah sah immer noch zu Ben.
»Nein«, meinte Mac, »die sind absolut harmlos. Wenn du allerdings einen Vier-Meter-Brocken an der Angel hast, dann kann der dir gehörige Schwierigkeiten bereiten. Der wiegt sicher eine halbe Tonne.«
»Und die sehen auch zum Fürchten aus«, fügte Justus hinzu. »Wie ein Wesen aus einer anderen Welt.«
Bob deutete zu Peter hinaus. »Sollten wir ihm das nicht besser sagen?«
Justus überlegte. Nach und nach verzog sich sein Lächeln zu einem Grinsen. »Doch, sollten wir. Wenn er ein Stück hinausgeschwommen ist. Und dann seht genau hin. Unser Zweiter wird den Weltrekord in 50 Meter Freistil brechen!«
Bob runzelte die Stirn. »Was hast du vor?«
»Abwarten!« Justus stand auf und ging ein paar Schritte Richtung Wasser. Er hob die Hände zum Mund und bildete damit einen Trichter. »Peter!«, rief er laut.
Der Zweite Detektiv winkte. »Was ist?« Er hob eine Hand zum Ohr. »Rede lauter!«
»Ich muss dir dringend etwas sagen!«

Rätselspaß vom Feinsten

Die drei ???®

– quer gedacht, clever gecheckt.

152 Seiten, €/D 5,99
ISBN: 978-3-440-15997-2

Auf 152 Seiten die Gehirnwindungen entkalken und mithilfe spezialgelagerter Sonderrätsel so fit im Kopf werden wie Justus Jonas. Ob Zahlen- oder Buchstabenrätsel, Logikspiele oder Wortschatztraining: Diese Knobeleinen machen Detektiven jeden Alters gleichermaßen Spaß und sind auch unterwegs ein genialer Zeitvertreib. Am Ende des Buchs sind selbstverständlich die Lösungen enthalten.

kosmos.de/die_drei_fragezeichen Preisänderung vorbehalten